타 버린 비밀

슈테판 츠바이크 소설 시리즈 2

타 버린 비밀

초판 1쇄 인쇄 2019년 10월 8일
초판 1쇄 발행 2019년 10월 15일

-

지은이 슈테판 츠바이크
옮긴이 김선형
펴낸이 이방원
편집 정우경·김명희·안효희·윤원진·정조연·송원빈
디자인 박혜옥·손경화
영업 최성수
마케팅 이미선

-

펴낸곳 세창미디어
출판신고 2013년 1월 4일 제312-2013-000002호
주소 03735 서울특별시 서대문구 경기대로 88 냉천빌딩 4층
전화 02-723-8660 | 팩스 02-720-4579
이메일 edit@sechangpub.co.kr | 홈페이지 http://www.sechangpub.co.kr

-

ISBN 978-89-5586-566-0 03850

이 도서의 국립중앙도서관 출판시도서목록(CIP)은 서지정보유통지원시스템 홈페이지(http://seoji.nl.go.kr)와 국가자료공동목록시스템(http://www.nl.go.kr/kolisnet)에서 이용하실 수 있습니다.
(CIP 제어번호: 2019038250)

STEFAN

타 버린 비밀

ZWEIG

슈테판 츠바이크 소설 시리즈 2

김선형 옮김

세창미디어 MEDIA

Brennendes Geheimnis

타 버린 비밀

CONTENTS

파트너

기차가 목이 쉰 듯한 소리를 내며 들어섰다. 젬머링에 도착한 것이다. 은색 하늘빛 속에서 검은 차량들이 질주해 다가오더니, 화려한 의상을 입은 몇몇 사람들이 쏟아져 나왔다. 그러고는 마치 삼키듯이 다른 사람들을 싣고 있었다. 사람들의 목소리가 잠시 주위 분위기를 어수선하게 만들었다. 그리고 검은 기차는 차량을 길게 매단 채로 쉰 소리를 지르며 다시 터널 속으로 달려가고 있었다. 축축한 바람이 불어 말끔하게 청소가 된 듯한 넓은 뒤뜰의 풍경이

펼쳐져 있었다.

방금 도착한 사람들 중에 훌륭한 의상과 호감을 주는 인상의 한 젊은 남자가 탄력적인 발걸음으로 서둘러 마차를 타고 호텔로 향했다. 말들은 서서히 오르막길을 터벅터벅 올라가고 있었다. 대지에는 봄기운이 완연했다. 하늘에는 하얀 구름이 불안하게 떠다니고 있었다. 5월이나 6월에 볼 수 있음직한 흰 구름이 파란 하늘 위를 마치 장난하듯 이리저리 생기 있게 떠다니다가, 돌연 높이 솟아 있는 언덕을 포옹하고는 도망치듯 흘러가 언덕 뒤로 몸을 숨기곤 했다. 그러다가 마치 손수건이 똘똘 뭉쳐진 모양을 하거나 길쭉한 띠 모양이 되기도 했다. 그 후에는 장난꾸러기처럼 산 위에 흰 모자를 씌우곤 하는 것이었다. 빗물로 촉촉이 젖은 앙상한 나무들이 불안하게 부는 바람 때문에 공중에서 이리저리 흔들렸다. 나무들은 나지막이 줄기를 흔들면서 물방울들을 이리저리 뿌리고 있었다. 어쩌면 산에는 눈이 내릴 것 같았다. 사람들은 공기가 달콤하지만 차다는 것을 동시에 느끼고 있었다. 대지와 공기 중의 모든 것이 요동치고, 끓어오르는 듯한 초조함이 배어 나왔다. 말들은 헐떡거리며 조용히 내리막길을 가고 있었다. 말들이 내는 방울 소리가 멀리까지 울려 퍼졌다.

호텔의 방문객 리스트에 올라 있는 젊은 남자는 초행길이었다. 그는 곧 실망하고 말았다. 그의 마음 속에는 '왜 내가 여기에 왔지'라는 불안한 의구심이 생겼다. '동행인도 없이 이곳 산에 혼자 있는 것은 사무실에 앉아 있는 것보다 더 어려운 일이겠군. 내가 너무 일찍 도착했거나 너무 늦게 도착한 것이 분명해. 나는 휴가철에 운이 좋은 적이 없었어. 사람들 중에 아는 사람이 한 명도 없었지. 여자가 몇 명 있든지, 작거나 아니면 대수롭지 않은 연애 사건이라도 있다면 이번 주말이 그렇게 재미없지는 않을 텐데.'

그리 유명하지 않은 오스트리아 관리 집안 출신의 남작인 이 젊은 남자는 주지사의 발령을 받은 사람으로, 휴가차 이곳에 도착한 것이었다. 단지 그의 동료들이 봄에 휴가를 보내기 때문에 홀로 휴가철을 일하며 보내기 싫어서가 이번 휴가의 이유였다. 그는 사회적으로 능력을 인정받아 주위의 모든 사람들로부터 칭찬을 받았지만, 고독을 견뎌 낼 수 있는 능력은 없음을 스스로 알고 있었다. 그는 자신을 마주보려고 하지 않았다. 될 수 있는 대로 이런 상황을 피하려 하였다. 왜냐하면 그는 자신과의 은밀한 접촉을 원하지 않기 때문이었다. 그는 자신의 능력, 따뜻함과 자만심을 불타오르게 하기 위해서는 사람들과의 접촉이 필요하다는 것을 알고 있었다. 그는 홀로 있으면 성냥갑 속의 성냥처럼 차가운 기운만 지니고 있는 아무 소용없는 존재임을 스스로 깨달았기 때문이었다.

마음이 언짢아진 그는 텅 빈 홀을 이리저리 걸어 다니고 있었다. 갈피를 잡지 못하고 신문을 이리저리 넘겨 보다가, 피아노로 왈츠를 연주하기도 했다. 그러나 리듬이 제대로 쳐지지 않았다. 결국엔 아무 흥미 없는 표정으로 앉아서 밖에 어둠이 서서히 깔리는 것을 멍하게 쳐다보았다. 전나무에서 잿빛을 띤 안개가 뿜어져 나오고 있었다. 그는 신경질을 내면서 한 시간 가량을 하릴없이 보내고 있었다. 그러다가 그는 피하듯이 식당으로 가 버렸다.

그곳에는 몇 테이블에 사람들이 앉아 있었다. 그는 모두를 힐끗 훑어보았다. '아무 도움이 안 되는군!' 아는 사람이 한 사람도 없었다. 그곳에는 ―한 사람이 인사하자 그에 응답했을 뿐이었다― 조련사 한 사람이 있었고, 링슈트라세에서 본 얼굴이 있었다. 그 외에는 아무도 없었다. 일시적인 스캔들을 일으킬 만한 여자도 보이지 않았다. 그는 더욱더 초조해지기 시작했다. 그는 잘생긴 편이었고 새로운 만남, 새로운 경험에 항상 준비가 되어 있었다. 또한 스캔들이란 낯선 세계로 뛰어 들어갈 준비가 되어 있다는 것이 그리 놀라운 일이 아닌 젊은 사람들 중의 한 명이었다. 이 낯선 세계에는 에로틱한 가능성이 존재할 뿐만 아니라 그 안에 있는 모든 여자들의 시선이 그를 사로잡곤 했다. 친구의 부인이건 하녀이건 상관없이 그의 마음의 문은 여자들에게 항상 열려 있었다. 사람들이 그런 사람을 경솔하고 경망한 여자 사냥꾼이라 칭하더라도, 사냥이라는 단어 속에 얼마나 많은 진실이 담겨 있는지 모르지만, 그런 일은 벌어지곤 했다. 왜냐하면 사냥의 진실한 격정적 본능이나, 후각적 능력, 자극 그리고 잔인함이 그런 사람들의 의식 속에 끊임없이 자리 잡고 있었기 때문이다. 그들은 계속해서 어려움과 맞설 준비가 되어 있었으며, 애정이라는 모험의 흔적을 찾아 지옥에까지 쫓아갈 준비가 되어 있었다. 그들은 항상 격정으로 충전되어 있었다. 그러나 사랑하는 마음이 아닌, 유희하는 듯한 차갑고도 계산된 위험한 심정으로 말이다. 그들에게는 청년기를 지나 일생을 거치는 영원한 사랑에 대한 기다림, 즉 하룻밤의 사랑이 아닌 수백 가지의 작지만 감각적인 사랑의 열렬한 체험이 녹아 있는 그런 기다림을 기대하는 끈기가 있었다. —지나치는 순간 속 하나의 시선, 휙 스쳐 가는 웃음 속 하나의 시선, 맞은편에 앉아 지나쳐 가는 사람이 보였다.— 그리고 감각적인 체험이 영원히 흐르면서 자양분과 활력을 줄 수 있는 삶의 근원이 되는, 그러한 수백의 나날로 엮어져 있는 세월을 기대했다.

그러나 이곳에는 사랑의 유희를 위한 파트너가 없었다. 그런 상대를 찾는 이의 시선에는 더욱 그랬다. 손에 카드를 들고 자신이 우월하다는 생각을 지니고서, 초록빛 탁자 앞에 앉아 사랑의 상대자를 기다리는 사람에게 아무 일도 일어나지 않는 것처럼 짜증나는 일은 없을 것이다. 남작은 이제 신문을 선택했다. 그는 중얼거리며 신문의 난을 훑어보았다. 그러나 그의 생각은 마비된 듯했으며, 마치 취한 사람처럼 단어를 스치듯 읽고 있었다.

그때 옷자락이 살랑거리는 소리와 여자 목소리가 들렸다. 약간은 짜증스러운 듯했지만 그래도 사랑이 넘치는 목소리였다. "조용히 하렴, 에드거!" 그의 탁자를 지나치며 비단으로 된 옷자락이 바스락거리는 소리를 내고 있었다. 큰 키에 풍성한 몸매를 지닌 여자가 지나가고 있었으며 그 뒤에는 검은 벨벳정장 차림의 작고 창백한 소년이 서 있었다. 아이는 호기심 어린 눈초리로 그를 흘낏 쳐다보았다. 여자와 아이는 예약된 식탁에 앉아 서로 마주 보고 있었다. 아이의 검은 눈동자에는 짙은 불안감이 배어 있었으나, 올바른 자세를 유지하려고 애쓰고 있었다. 대단히 신경을 쓴 듯한 우아한 옷을 입은 그 유태인 여자는 ─젊은 남작은 그 여자에게만 관심을 쏟고 있었다─ 그가 좋아하는 타입이었다. 중년이 되기 직전의 약간은 풍만한 몸매를 지니고 있었으며, 격정적이면서도 노련하고 고귀하면서도 우울한 성격 뒤에 자신의 열정을 감추고 있었다. 그는 그녀의 눈을 쳐다보지 못하고 부드러운 콧날 위 그녀의 종족을 말해 주는 완곡한 눈매의 아름다운 선에 매혹되어 있었다. 그녀는 옆모습에서 배어 나오는 우아한 모습과 날카로우면서도 관심을 갖도록 하는 눈매를 지니고 있었다. 머리칼은 그런 풍만한 몸매를 지닌 모든 여자들이 그러하듯이 이목을 끌 정도로 풍성했으며,

그녀의 아름다움은 찬사에 익숙하여 확실한 자부심을 가진 것처럼 빛을 발하고 있었다. 그녀는 대단히 나지막한 목소리로 주문하였으며, 포크를 가지고 노는 아이에게 훈계했다. — 이 모든 행동은 표면적인 냉담함을 보여 주는 것으로, 남작의 조심스럽게 살펴보는 눈빛을 그녀가 눈치채지 못한 듯이 꾸민 행동이었다. 그가 빈틈을 보이지 않으려고 조심하자, 그녀도 억제하는 듯했다.

남작의 얼굴에 나타나 있던 어두운 표정이 갑자기 밝아졌다. 그의 신경은 생기를 띠고, 미간의 주름은 긴장했고 가슴의 근육은 활짝 펴졌다. 그는 튀어 오르듯 환해지고 눈동자의 빛이 반짝이고 있는 모습이었다. 그는 에너지를 얻기 위해 남자들을 필요로 하는 여자들과 비슷했다. 그의 힘은 그녀의 감각적인 매력 덕분에 이제 활력을 얻고 긴장하게 되었다. 그의 내부의 사냥꾼은 이제 먹이의 냄새를 알아차렸다. 스쳐 지나가는 순간 속에 불확실한 의미를 담고 있는 그녀의 눈빛과 교차했던 그의 시선은 이제 도전적으로 그녀의 눈빛과 마주치려 했다. 그녀의 눈빛은 반짝이면서도 어떤 명확한 대답은 주지 않고 있었다. 그러나 그는 그녀가 입 주위에 미소를 짓기 시작했다고 느꼈다. 모든 것이 확실하지 않았지만, 바로 이러한 불확실성이 그를 자극했다. 그에게 약속해 주는 것처럼 보였던 유일한 것은 지속적으로 지나치는 그러한 눈길이었다. 왜냐하면 이는 저항감을 보여 주는 것이기도 했으나, 동시에 당혹해하고 있었기 때문이었다. 이윽고 그는 조심스럽게 한 사람의 관객에게 보여 주기 위해 아이와의 대화를 연출했다. 이는 고요함에 대해 추근대고 질책하는 것을 암시하는 것이었다. 그는 처음으로 불안감을 느꼈으면서도, 동시에 이것 때문에 자극되었다.

유희는 시작되었다. 그는 음식을 천천히 먹고 있었다. 그리고 계속해서 부인에게 시선을 고정시키고 반 시간 가량 끊임없이 쳐다보았다. 마침내 그녀의 얼굴 윤곽을 그릴 수 있었고, 곧 나머지 보이지 않는 윤곽까지도 그릴 수 있게 되었다. 밖에는 어둠이 압박하듯 내려앉고 있었다. 커다란 비구름이 잿빛 손을 그들에게 뻗쳐, 점점 더 어두운 그림자가 방 안으로 들어왔다. 사람들은 침묵으로 인하여 더욱더 압박감을 받는 것 같았다. 어머니와 아이의 대화는 거의 위협적일 정도로 조용한 분위기가 되는 가운데 점점 더 강제적이고 가식적으로 보였지만, 그는 그러한 상황이 거의 끝나 가고 있음을 느꼈다. 그는 하나의 실험을 해 보기로 했다. 그는 먼저 일어나 그녀를 지나치며 먼 풍경을 바라보았다. 동시에 어깨를 움찔하며 마치 무엇인가를 잊어버린 듯 머리를 돌렸다. 그리고 그녀 역시 그를 쳐다보고 있다는 것을 감지하게 되었다.

그것이 그를 자극했다. 그는 홀에서 기다렸다. 그녀도 아이의 손을 잡고 곧 그의 뒤를 쫓아왔다. 그리고 잡지들 사이를 이리저리 지나가며 아이에게 몇 개의 그림을 보여 주었다. 남작도 잡지를 찾는 것처럼 테이블 쪽으로 다가가면서 우연히 깊숙하고 촉촉하게 반짝이고 있는 그녀의 눈동자를 들여다볼 수 있었다. 그는 대화를 시작하려 했다. 그런데 그녀는 몸을 돌려 아이의 등을 가볍게 두드리며 말했다.

"이리 와라, 에드거! 자러 가야지!"

그리고 그의 옆을 차갑게 지나쳐 갔다. 약간 실망한 남작은 그녀의 뒤를 쳐다보았다. 그는 그날 저녁 서로 친분을 쌓아 보려고 노력했으나, 까다로운 상황이 그를 실망시켰다. 그러나 이러한 저항은 매력을 지니고 있었다. 그리고 이 불확실성이 그의 욕망에 불을 붙였다. 그는 자신의 파트너를 찾았고, 이제 유희는 시작될 수 있는 것이다.

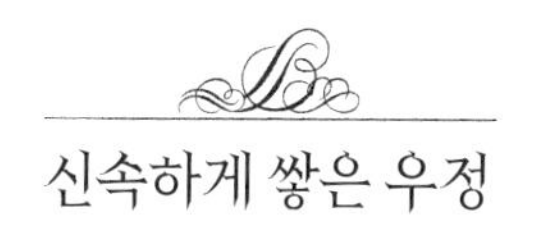

신속하게 쌓은 우정

다음 날 아침 남작이 홀에 들어서자, 그 아름다운 낯선 여인의 아들이 두 명의 엘리베이터 보이들에게 카를 마이*의 책에 그려진 그림들을 보여 주면서 열심히 이야기를 나누고 있는 것이 보였다. 아이의 엄마는 보이지 않았다. 아마도 아직까지 화장을 하고 있을 것이리라. 이제야 남작은 아이를 관찰하기 시작했다. 아이는 이리저리 살펴보는 산만한 검은 눈

* 카를 마이Karl Friedrich May(1842~1912): 독일 작가.

동자를 지닌, 대략 열두 살의 소심하고 미성숙하며 신경질적인 남자아이였다. 그 나이 또래의 아이들이 흔히 그렇듯 마치 방금 잠에서 깨어나 낯선 공간에 들어선 것마냥 놀란 표정이었다. 그의 얼굴은 잘생긴 편이었으나 아직 미성숙해 보였다. 어쩌면 어린아이와 남자의 싸움은 벌써 시작된 것일지도 몰랐다. 아이는 반죽은 끝났지만 형태는 갖추지 않은 것과 같은 상태였기에 완성된 모습을 찾을 수 없었다. 그에게는 창백함과 불안함이 뒤섞여 있었다. 그 외에도 그 나이 또래의 아이는 대부분 몸에 꼭 맞는 옷을 입지 않는 법이다. 마른 팔다리에 걸쳐진 소매와 바지는 헐렁했고, 외모에 신경 쓸 수 있는 그런 허영심도 갖지 못한 그런 아이였다.

남자아이가 이리저리 돌아다니는 모습은 정말로 가련한 인상까지 주었다. 실제로 그는 모든 사람에게 방해가 되었다. 때로는 그의 온갖 질문에 귀찮아진 수위가 그를 옆으로 밀어젖히기도 했지만, 입구에서 계속 머물며 방해를 하는 것이었다. 아마도 다정하게 놀아 줄 사람을 찾을 수 없는 것 같았다. 그 아이는 자기 나이에 적합한 대화가 필요해 호텔 종업원들에게 접근하려는 것 같았다. 종업원들은 시간이 있으면 대답해 주었지만, 손님들이 등장해 이성적인 일을 해야 하면 대화를 중단했다. 관심을 가지고 웃으면서, 모든 것에 호기심을 가지고 사방을 쳐다보지만 모든 이들이 불친절하게 피해 버리는 그 불행한 아이를 남작은 쳐다보았다. 한번은 남작이 호기심에 가득 찬 아이의 눈동자를 쳐다보았다. 그러자 검은 눈동자는 즉시 불안해하며 안으로 기어들어 가는 것 같았다. 그러면서도 그 아이는 그가 쳐다보는 것을 감지하고는 눈꺼풀을 내리깔고 속마음을 감추었다. 그것이 남작을 즐겁게 했다. 아이는 그의 관심을 불러일으켰다. 그리고 이 아이가 단지 두려워해서 그렇게 부끄러워하는지, 너무 선부른 중개자가 친교를 맺는 데 도움이 될 것인지 의구심이 들었다. 그는 뭔가 시도해 보려 했다. 그는 눈에 띄지 않게 그 아이의 뒤를 좇았다.

아이는 다시 문에서 이리저리 왔다 갔다 하다가 어린아이답게 부드러운 느낌이 필요했는지, 흰 말의 불그스레한 콧구멍을 애무하고 있었다. —정말로 그 아이는 운이 없었다.— 이윽고 마부가 거칠게 그 아이를 내쫓았다. 아이는 상처를 입은 듯 공허하고 약간은 슬픈 눈빛을 하고 지루한지 주위를 어슬렁거리고 있었다. 그때 남작이 그에게 말을 걸었다.

"자, 젊은이, 여기가 어때?" 갑자기 그는 될 수 있는 한 호탕하게 말을 걸었다.

아이는 얼굴이 빨개졌고 불안해하면서 그를 응시했다. 아이는 두려운지 손을 잡아당기고 당황한 듯 이리저리 흔들어 댔다. 낯선 어른이 그에게 말을 걸기 시작한 것은 그에게 처음 있는 일이었다.

"감사합니다, 이곳은 훌륭해요." 그는 더듬거리며 대답했다. 마지막 말은 쥐어짜는 듯한 목소리였다.

"놀랍구나." 남작은 웃으면서 이야기했다. "이곳은 김빠진 장소지. 특히 너 같은 젊은 신사에게는 말이다. 그래, 하루 종일 뭘 하니?"

아이는 재빨리 대답하기에는 여전히 혼란스러운 것 같았다. 이 낯설고 멋있는 신사가 아무도 돌봐 주지 않는 남자아이와 이야기를 나누는 것이 가능한 일인가? 이러한 생각이 그를 오히려 부끄럽게 만들었지만 동시에 자랑스럽게 만들기도 했다. 그는 가까스로 용기를 냈다.

"저는 독서를 하고 산책하러 갑니다. 그리고 마차도 자주 타곤 해요. 엄마하고 제가요. 저는 이곳에서 휴양해야 해요. 저는 몸이 아팠어요. 그래서 일광욕을 많이 해야 한다고 의사 선생님께서 말씀하셨어요."

아이는 마지막 말을 거의 확신에 찬 듯 내뱉었다. 아이들은 자신의 병에 항상 자부심을 느끼기 마련이다. 왜냐하면 그 병의 위험함 때문에 가족들이 자신을 더욱더 소중히 생각하고 있다는 것을 알고 있기 때문이다.

"그래, 햇볕은 젊은 신사들에게 대단히 좋은 것이지. 태양볕이 너를 벌써 갈색으로 그을게 했구나. 그러나 너는 하루 종일 앉아 있어서는 안 돼. 너 같은 아이는 이리저리 돌아다녀야 해. 그리고 약간은 용감하게 장난을 쳐야지. 내가 보기에 너는 너무 착하구나. 너는 품에 커다랗고 두꺼운 책을 든 모범생 같아 보이는걸. 나는 네 나이 또래일 때 대단한 장난꾸러기였다. 매일 밤 바지가 찢어져 집으로 돌아가곤 했지. 그리 착한 아이가 아니었어!"

아이는 자기도 모르는 새 웃어 버렸다. 그런데 이 행동이 스스로를 두렵게 했다. 아이도 무엇인가 대답하려 했으나, 이 모든 것이 그에게는 너무 무례한 것처럼 여겨졌다. 아이는 자기에게 이토록 친절하게 말을 걸어 주는 이 멋있는 낯선 신사에게 대단히 자의식이 강한 모습을 보이려는 것 같았다. 그는 한 번도 건방진 태도를 보인 적이 없었고 항상 조금은 당황스러웠다. 이제 그는 행복한 동시에 부끄러운 감정으로 몹시 혼란스러운 상황에 빠지게 되었다. 그는 기꺼이 대화를 지속시키고 싶었으나 아무 생각도 나지 않았다. 다행스럽게도 마침 호텔에 있는 노랗고 커다란 세인트버나드가 지나가고 있었다. 그 개는 두 사람의 냄새를 맡더니, 그들이 자신을 쓰다듬게 두었다.

"개를 좋아하니?" 남작이 물었다.

"아, 정말 좋아해요. 할머니께서 바덴에 있는 빌라에 개 한 마리를 기르셨어요. 제가 그곳에 살 때 그 개는 하루 종일 저와 함께 있었어요. 제가 그곳을 방문했던 여름 동안이었지만요."

"우리 집에도 스물네 마리 정도가 있다. 네가 이곳에서 착하게 있으면 내가 너에게 개 한 마리를 주마. 흰 귀를 가진 갈색의 개를. 아주 어린 개야. 갖고 싶니?" 아이는 너무 좋아 얼굴이 빨개졌다.

"예."

그의 절박한 말투는 무엇인가를 열망하는 듯했다. 그러나 곧 놀란 듯 불안해하며 자신의 생각을 더듬더듬 말했다.

"그렇지만 엄마가 허락하지 않으실 거예요. 엄마는 집에 개가 있는 것을 참을 수 없다고 말하셨어요.

개들은 너무 성가시대요."

남작은 웃었다. 마침내 아이가 엄마에 대한 이야기를 했기 때문이었다.

"엄마가 그렇게 엄하시니?"

아이는 잠시 생각에 잠기더니 이윽고 그를 올려다보았다. 이 낯선 남자를 믿어도 되는지 스스로에게 묻는 것 같았다. 대답은 신중했다.

"아니에요, 엄마는 그리 엄하시지는 않아요. 제가 지금 아프기 때문에 엄마는 저에게 모든 것을 허락해 주세요. 아마도 개를 데려오는 것을 허락하실 거예요."

"내가 엄마에게 부탁할까?"

"그래 주세요." 아이는 환호성을 질렀다. "그러면 엄마가 분명히 허락해 주실 거예요. 개는 어떻게 생겼어요? 개는 흰 귀를 가졌다고요, 그렇지요? 개는 물건도 가져올 수 있어요?"

"그래, 개는 다 할 수 있단다." 남작은 어린아이의 눈빛에서 나오는 열정적인 불꽃을 보고 웃을 수밖에 없었다. 아이에게서 처음의 쑥스러움이 사라지고 불안 때문에 움츠러들었던 열정이 솟구쳐 올랐다. 소심하고 불안해하던 아이가 순식간에 거침없는 아이로 변해 있었다. '아이의 엄마도 이러하다면.' 남작은 무의식적으로 이렇게 생각하게 되었다. '그녀의 불안 뒤에 열정적인 모습이 있을 거야!'

아이는 여러 가지 질문을 하며 그에게 다가섰다.

"개의 이름은 뭐예요?"

"카로."

"카로!" 아이는 다시 환호성을 질렀다. 누군가와 우정 관계를 맺게 되면, 기대치 않은 사건에 도취된 나머지 어떻게든 모든 말에 무조건 웃거나 환호성을 올려야 하는 것 같았다. 남작 스스로도 자신의 재빠른 성공에 놀라 버렸고, 그 달궈진 철을 다듬질하기로 결정했다. 그는 아이에게 자신과 함께 잠깐 동안 산책을 가자고 권했다. 몇 주 동안이나 누군가가 함께 있어 주는 것에 굶주린 그 불쌍한 아이는 이 제안에 몹시 기뻐했다. 그 아이는 새로운 친구가 소소하게 우연인 척 질문하여 자신에게 유도해 내는 모든 것에 대하여 아무 생각 없이 다 이야기해 버렸다. 곧 남작은 이 가족에 대한 모든 것을 알게 되었다. 무엇보다도 그 아이가 빈 태생으로, 부유한 부르주아 계급인 어떤 유대인 변호사의 외아들임을 알게 되었다. 그는 교활하게 질문을 돌려 그 아이의 엄마가 젬머링에 도착한 것에 대하여 아무런 즐거움을 느끼지 못했으며, 사교 모임이 없다는 사실에 대해 불평했음을 알아내었다. 그리고 엄마가 아빠를 정말로 좋아하느냐는 질문에 에드거가 대답을 피하는 모습에서 모든 것이 최상의 상태는 아님을 알게 되었다. 그는 악의 없는 소년에게서 가족의 비밀을 알아내는 것이 너무 쉬운 나머지 스스로 부끄러움을 느낄 정도였다. 그 아이는 어른이 관심 가질 만한 일에 대해 이야기할 수 있다는 사실에 자부심을 느꼈으며, 새로운 친구에 대한 신뢰감으로 모든 것을 털어놓았다.

어린아이의 순진한 마음은 자부심으로 쿵쿵 뛰는

것 같았다. ―남작은 산책을 하면서 아이의 어깨에 팔을 올려놓았다.― 아이는 어른과의 친근감을 공공연하게 과시하며 점차로 자신이 어리다는 것을 잊게 되었다. 마치 거의 같은 연배인 사람에게 말하는 것처럼 자유롭고 자연스럽게 수다를 떨었다. 에드거가 대단히 영리한 아이라는 것은 대화에서 드러났다. 그리고 어른과 많은 시간을 보내야 하는 대부분의 병든 아이가 그렇듯이 조숙하였으며, 애정이나 적대감에는 특이하게도 신경과민적인 열정을 보여 주었다. 어떠한 것에도 그는 냉정한 태도를 보여 주지 못했다. 그는 사람이나 사물에 대해서 황홀해하거나, 아니면 그의 얼굴을 심하게 일그러뜨려 음흉하고 추하게 보일 정도로 격렬하게 미움을 드러내곤 했다. 이런 격렬하고 도발적인 행동들은 최근에 극복된 병 때문이리라. 그의 말투에는 광적인 불꽃이 엿보였다. 한편 그의 서투름은 자신의 열정을 간신히 억제하느라 일어나는 불안이 그 원인인 것 같았다.

남작은 쉽사리 아이의 신뢰를 획득했다. 그것도

반 시간 만에. 그는 이 열렬하고 불안하게 변하는 마음을 손안에 획득했다. 별로 사랑을 많이 얻지 못했던 아이, 악의 없는 아이를 속이는 것은 아주 쉬운 일이었다. 그는 과거 속으로 되돌아가 스스로를 잊기만 하면 되었다. 아이와의 대화는 그렇게 자연스러웠다. 그래서 아이는 그를 자신의 또래로 생각했고, 몇 분이 지난 후에는 거리감을 잃어버리고 만 것이었다. 아이는 이 외로운 장소에서 갑자기 친구를 만났다는 사실에 행복하기만 했다. 그것도 어떤 친구인가! 그는 빈에 있는 친구 모두를 잊었다, 가느다란 목소리로 어리숙한 수다를 떠는 어린 친구들을. 이 새로운 경험 앞에 그 친구들의 모습은 떠내려가 버렸다! 도취한 듯한 그의 열정은 지금의 새롭고 훨씬 큰 친구의 것이 되어 버렸다. 그리고 이별하기에 앞서 다시 한번 내일 오전에 만나자는 그 친구의 초대에 그의 마음은 다시 자부심으로 터지는 것 같았다.

그 새로운 친구는 마치 친형제인 양 멀리서 그에

게 손짓을 했다. 이 몇 분 동안이 그의 생애에서 가장 아름다운 순간이었으리라. 아이를 기만하는 것은 쉬운 일이다. 남작은 뛰어가는 아이의 등에 대고 미소를 지었다. 이제 중매인이 생긴 것이다. 아이는 이야기가 다 떨어져 버릴 때까지 그의 엄마를 괴롭히리라. 모든 말을 계속 반복하면서. 그리고 그가 교묘하게 항상 에드거의 "아름다운 엄마"에 대하여 언급하고 그의 엄마를 찬탄한 것을 만족스러워하며 기억해 낼 것이다. 이 일은 다 된 것이나 다름없었다. 이야기를 하고 싶은 아이는 엄마와 그 신사 사이를 연결시키기 전에는 말을 좀처럼 쉬지 못할 것이다. 자신과 아름다운 낯선 여인과의 거리를 좁히기 위하여 남작은 손가락 하나도 움직일 필요가 없었다. 이제는 단지 편안히 꿈을 꾸면서 풍경을 살펴보기만 하면 되는 것이다. 한 아이의 열렬한 두 손이 그녀의 마음과 연결해 줄 다리가 되리라는 것을 그는 알고 있었기 때문이다.

삼중창三重唱

한 시간 후에 밝혀진 것처럼, 계획은 탁월했고 마지막의 작은 일까지 성공적이었다. 남작이 의도적으로 약간 늦게 식당에 들어서자, 에드거는 깜짝 놀라 의자에서 벌떡 일어나 행복한 미소를 지으며 반갑게 인사했다. 그리고 그에게 손짓하는 동시에 엄마의 소매를 살짝 잡아당겼다. 그러고는 서두르며 말하다가 그녀를 자극하듯 특이한 제스처를 취하며 남작을 가리켰다. 그녀는 너무나 어수선한 아이의 태도에 나무라면서 얼굴을 붉혔다. 그러나 아이가 가리킨 쪽을 쳐다보지 않을 수 없었다. 남작은 즉시 경의를 표하는 깊은 절을 했다. 이제 둘은 서로를 알게 되었다. 그녀는 감사의 말을 표현해야 했다. 그러나 곧 얼굴을 접시 위로 깊숙이 숙여 저녁식사 시간 동안 다시 한번 남작을 쳐다보는 것을 조심스럽게 회피하고 있었다. 그러나 에드거는 끊임없이 남작 쪽을 쳐다보면서 한번 말을 걸려고 노력했다. 그의 엄마는 아이의 그런 행동을 심하게 나무랐다. 식사 후, 이제 자러 가야 한다고 엄마가 말했다. 그리고 아이와 그의 엄마가 끝없이 속삭이는 소리가 들려왔다. 그 결과, 남작의 식탁으로 가서 작별인사를 하고 싶다는 아이의 열렬한 요청이 수락되었다. 남작이 건넨 몇 마디의 진심 어린 말은 아이의 눈을 떨리게 했다. 아이는 그와 함께 몇 분 동안 수다를 떨었다.

그러다가 남작은 갑자기 일어나서 여자가 있는 식탁 쪽으로 능숙하게 말을 돌렸다. 그는 혼란스러워하는 그녀에게 그녀의 아들이 영리하고 이해력이 빠른 것을 축하하고, 그들이 함께 보낸 오전 동안 즐거웠다는 감사의 말을 했다. ―에드거도 옆에 서서 즐거움과 자긍심으로 얼굴이 빨개졌다.― 그리고 아이의 건강에 대해 물어보고, 아이의 엄마가 대답을 하게끔 상세하고 많은 질문을 했다. 이렇게 그들은 계속해서 긴 대화를 하게 되었다. 아이는 이 사실에 대해 기뻐하며 일종의 경외심을 가지고 귀를 기울였다. 남작은 자신을 소개하면서, 자신의 이름이 듣기 좋다는 점에 어떤 자만심을 가지고 있는 듯한 인상을 주었다. 어쨌건 그녀는 그에게 대단히 상냥했다. 그녀는 품위를 해치지 않는 정도로 양해를 구하고, 아이 때문에 일찍 가야 한다며 사과의 말을 덧붙였다. 아이는 격렬히 항의했다. 자신은 피곤하지 않으며, 밤새도록 깨어 있을 수 있다고 말했다. 그러나 그녀는 남작에게 손을 내밀었고, 그는 경외심을 가지고 그 손에 입맞춤했다.

에드거는 그날 밤 잠을 잘 이룰 수가 없었다. 그의 마음속은 행복감과 동시에 어린아이다운 의혹으로 혼란스러웠다. 왜냐하면 오늘 그의 삶 속에 어떤 새로운 것이 발생했기 때문이었다. 처음으로 어른의 운명에 관여하게 된 것이었다. 그는 거의 꿈꾸듯이 자신의 어린 시절을 잊어버리고 갑자기 성장한 것 같았다. 그는 이제까지 고독하게 성장하였으며, 자주 아팠고 친구도 별로 없었다. 그가 애정이 필요할 때조차 곁에는 부모와 시종들밖에 없었다. 그나마 부모도 그를 별로 보살펴 주지 않았다. 사랑의 힘이란 어떨 때는 그 가치가 인정되기도 하지만, 갈등상태에 도달하면 그 가치가 부인될 때가 있는 법이다. 이 갈등 상태란 모든 커다란 감정선이 발생하기 전의 실망과 고독이라는 텅 비고 어두운 공간을 말하는 것이다. 그러나 갈등상태란 어려운 상황이지만 그래도 아직은 상대에 대한 신선한 감정이 남아 있는 시기이기도 하다. 이제는 스스로 획득한 듯 보이는 처음 느끼는 감정에 두 팔 벌리고 뛰어들었다.

에드거의 상태는 불안정했다. 다시 말해 행복하면서도 혼란스러웠다. 그는 웃으려 했으나 울 수밖에 없는 상태였다. 왜냐하면 그는 한 번도 친구, 아버지나 어머니, 그리고 신조차도 사랑한 적이 없었으나, 이제 이 사람을 사랑하게 되었기 때문이었다. 아직 성숙되지 않은 모든 열정이 이 사람의 모습을 꽉 움켜쥐고 있었다. 그런데 이들은 두 시간 전에는 서로 그 이름도 모르는 사이였던 것이다.

아이는 새로운 우정관계로 인하여 기대치 않는 일이나 특이한 상황이 벌어지더라도 부담을 느끼지는 않을 정도로 영리한 편이었다. 하지만 그를 더욱더 혼란스럽게 한 것은 자신이 중요하지 않다거나 무가치하다는 그런 감정이었다. '내가 그에게 의미가 있을까? 나는 아직도 학교를 다녀야 하고 밤에는 어른들보다 일찍 자러 들어가야 하는 열두 살 먹은 어린 아이일 뿐인데?' 그는 자신을 괴롭히고 있었다. '내가 그에게 어떤 존재인가, 내가 그에게 무엇을 줄 수 있는가?'

자신의 감정을 보여 줄 수 없는 고통스러운 무능력함 때문에 그는 불행했다. 그가 어떤 학급 친구를 좋아하게 되면, 그의 첫 번째 일은 책상 서랍 속에 들어 있는 작지만 소중한 것들, 우표들 그리고 돌멩이, 어린 시절의 유치한 것들을 그 아이와 나누는 것이었다. 그러나 어제까지 대단히 소중하고 매력적이던 이 모든 것이 갑자기 의미가 없어졌으며, 형편없는 것이 되었다. 어떻게 그러한 물건들을 이 새로운 친구에게 보여 줄 수가 있겠으며, 어떻게 그에게 '너'라고 반말을 할 수 있겠는가? 자신의 감정을 말할 수 있는 방법이나 길이 있을까? 그는 자신이 작고, 어른의 반 정도밖에 안 되며, 성숙하지 못한 열두 살 먹은 아이라는 생각에 더욱더 고통스러웠다. 그는 자신이 어린아이라는 것을 그토록 격렬하게 저주한 적이 없었다. 또 성장하기를 그토록 진심으로 기대해 본 적도 없었다. 그러나 지금은 얼마나 다른 사람들처럼 크고 강한 남자가 되는 것을 꿈꾸게 되었는지 모른다.

불안한 마음과 동시에, 남자가 된다는 새로운 세계에 대한 최초의 총천연색의 꿈이 뒤엉키고 있었다. 에드거는 미소를 지으며 잠을 청했다. 그러나 아침에 만나기로 한 약속 때문에 쉽게 잠을 이룰 수가 없었다. 늦을지도 모른다는 생각에 깜짝 놀라 일어나 보니 아침 7시였다. 그는 급하게 옷을 입고 엄마의 방으로 가 놀라워하는 그녀에게 인사를 했다. 그는 평소에는 엄마가 깨워야 간신히 침대에서 일어나는 아이였다. 그는 그녀가 몇 마디 질문도 하기 전에 급하게 내려갔다. 9시까지 그는 초조하게 이리저리 돌아다녔다. 그리고 아침을 먹는 것조차 잊어버리고, 친구가 산책하기까지 너무 오래 기다리지 않았나 하는 것에 대해서만 걱정했다.

9시 반에 남작은 아무 걱정 없이 어슬렁거리며 나타났다. 약속은 오래전부터 잊고 있었다. 그러나 아이가 그에게 달려들자, 아이의 열정에 대해 웃지 않을 수 없었고 그와의 약속을 지키려고 했다. 그는 환하게 웃는 아이의 팔짱을 끼고 이리저리 거닐었다. 그러나 함께 산책하는 것을 부드럽지만 단호하게 거절했다. 그는 다른 것을 기다리는 것 같았다. 그는 신경질적으로 문 쪽으로 자주 시선을 보내곤 했다.

그는 갑자기 긴장했다. 에드거의 엄마가 들어서면서 인사를 하고는 다정하게 두 사람에게 다가오고 있었다. 그녀는 오늘의 산책에 대해 알고 있으며, 이에 동의한다는 의미의 웃음을 지어 보였다. 에드거는 이 약속을 소중한 것으로 여겨 엄마에게 말하지 않았었는데, 엄마는 남작이 함께 가자는 제의에 곧바로 동의를 했다.

에드거는 즉시 중얼거리며 입술을 깨물었다. 이제 그들이 자신보다 앞장서서 걸어가는 것이 얼마나 기분 나쁜 일인지! 이 산책은 남작과 그만의 약속이었다. 그리고 그가 엄마에게 자신의 친구를 소개시켜 주었지만, 이는 그의 애정 어린 표현일 뿐이고, 친구를 그 누구와도 나누고 싶지 않았다. 남작의 다정함이 엄마에게 향하고 있음을 알아채자, 그의 마음속에는 질투의 감정 같은 것이 피어올랐다.

그들은 셋이서 산책을 했다. 그러나 아이의 마음에는 두 사람이 그에게 보여 주는 눈에 띄는 관심 때문에 그가 중요하다는 것, 그리고 그의 존재가 갑작스럽게 의미를 지니는 것을 오히려 위태로워하는 감정이 자리 잡고 있었다. 그의 엄마가 자신의 창백함과 예민함을 위선적으로 걱정하면서 이야기를 나누는 동안에, 에드거는 대화의 중요한 대상이 되었다. 반면에 남작은 그녀의 걱정이 대수롭지 않은 일인 양 웃으면서, 에드거가 그를 호칭하듯, "친구"의 예의 바른 태도를 칭찬하고 있었다.

이것이 에드거가 가졌던 가장 아름다운 시간이었다. 그는 그때까지 한 번도 자신에게 허락되지 않았던 권리를 갖게 된 것이었다. 조용히 하라는 질책도 받지 않고, 함께 이야기하는 것이 허용되었다. 심지어 이제까지는 나쁘게 받아들여졌던 건방진 소원을 말해도 되었다. 드디어 그의 마음속에 자신이 어른이라는, 스스로를 속이는 감정이 무성하게 자라게 된 것도 놀랄 일이 아니었다. 그의 어린 시절이 마치 자라서 못 입게 되어 내던져진 옷처럼 꿈속으로 흘러가 버렸다.

남작은 에드거 엄마의 친절한 초대에 응해 함께

점심 식탁에 앉았다. 마주 보고 앉은 상태는 이제 나란히 앉는 단계가 되었다. 관계는 우정의 단계로 접어들었다. 삼중창은 진행되어 가고 있었으며, 부인, 남자, 그리고 아이의 세 목소리가 동시에 울려 퍼지고 있었다.

공 격

이제 초조한 사냥꾼이 자신의 사냥감에게 다가갈 시간이 된 것 같았다. 이번 경우에 마치 가족처럼 세 명이 함께한다는 것이 남작의 마음에 들지 않았다. 그렇게 셋이서 수다를 떠는 것이 불만스럽지는 않았지만, 그것이 그의 의도는 아니었다. 욕정을 가리는 마스크를 쓰고 이렇게 어울리는 것이, 남자와 여자 사이에 일어날 에로틱한 상황을 지연시키며, 대화에서 열정을, 즉 공격에서 불을 없앤다는 것을 그는 알고 있었다. 그래도 대화를 하는 동안에 그는 ―이 점은 그가 확신하고 있는 것으로— 그녀에 대해 알게 된 것들이 있었다. 어쨌든 그녀도 그의 본래의 의도를 잊어서는 안 될 것이리라.

이 여성에 대한 그의 노력은 헛되지 않을 것이다. 아마도 가능성이 많을 것이다. 여자는 실제로는 사랑하지 않는 남편에게 성실했다는 사실을 후회하기 시작하는 그런 연배였다. 그녀는 아름다움이 서서히 사라져 가는 황혼의 시기에 엄마의 역할과 여성 사이에서 긴박한 결정을 할 것이다. 이미 답이 결정되어 있는 것 같았던 삶은 이 순간에 다시 의문을 갖게 될 것이며, 에로틱한 체험과 결정적 체념을 마지막으로 결정할 수 있다는 희망 사이에서 의지를 시험하는 마술의 바늘이 동요하게 될 것이다. 여자는 자신의 운명을 위해 여자로 남을지, 혹은 아이의 운명을 위해 엄마로 머무를지 위험한 결정을 하게 될 것이다. 남작은 꿰뚫어 보고 있었다. 이 여자가 삶의 불꽃과 희생 사이에서 위험하게 동요하고 있다는 것을.

그 여자는 대화 도중에 남편에 대해 언급하는 것을 계속해서 잊고 있었다. 아마 남편은 외적인 필요는 만족시켜 주지만, 고귀하게 삶을 영위하고 싶은 마음에서 발생하는 속물근성은 만족시켜 주지 못하는 것 같았다. 그리고 자신의 아이에 대해서는 아는 것이 없는 것 같았다. 까만 눈동자 속에 우울로 감추어져 있는 단조로움의 그림자가 그녀의 삶 위에 드리워져 있었으며, 그녀의 감각을 차단시키고 있었다. 남작은 일을 빨리 진행시키기로 결정했다. 그러나 동시에 서두르는 모습은 보이지 않으려 했다. 그는 낚시꾼이 티나지 않게 유혹하면서 낚시바늘을 회수하듯이, 외적으로는 냉담한 척하면서 새로운 우정에 대처해 나갔다. 사실은 자신이 유혹하는 사람이었지만, 반대로 자신이 유혹의 대상이 되고자 했던 것이다. 그는 그들의 사회적 신분의 차이를 극명하게 드러내어, 자신의 자부심을 과장하려고 마음을 먹었다. 이러한 생각은 그를 자극시켜, 자신의 자부심을 억양, 외적인 모습, 귀족적인 이름과 냉정한 태도로 드러내어 그녀의 풍만하고 아름다운 육체를 얻고자 했다.

이 같은 열정적인 놀이는 그를 이미 자극한 것 같았다. 그렇기에 그는 더욱 자신의 의도를 관철하려 했다. 오후에 그는 두 사람이 자신을 찾도록 하려는 편안한 생각으로 방에 머물러 있었다. 그러나 그가 의도한 대상이었던 그녀에 의해 감지되지는 못했으며, 오히려 불쌍한 아이에게 고통을 주었을 뿐이었다. 에드거는 오후 내내 끝없이 어찌할 바를 모르고 상실감을 느끼고 있었다. 그 아이는 오후 내내 아이다운 집요한 성실함으로 그의 친구를 기다렸다. 그에게는 떠난다든가 홀로 무엇을 한다는 것은 우정에 위배되는 일인 것 같았다. 그는 아무 의미 없이 복도를 이리저리 걸어 다녔다. 그리고 시간이 지날수록 그의 마음은 더욱더 불행해졌다. 그는 불안한 상상을 하면서 그에게 사고가 일어나지는 않았나, 혹시 그에게 무의식적으로 모욕을 주지는 않았나 하고 걱정하기 시작했다. 그러고는 초조하고 불안해서 거의 울 정도가 되었다.

남작이 저녁 식사를 위해 내려왔을 때, 그는 대단한 환대를 받았다. 에드거는 엄마의 경고하는 외침이나 다른 사람들이 놀라는 것에 개의치 않고 펄쩍 뛰어 그에게 다가갔다. 그리고 마르고 작은 팔로 그의 가슴을 감쌌다.

"어디 계셨어요? 오늘 어디에 계셨지요?" 그는 급하게 외쳤다. "우리는 당신을 사방에서 찾았어요." 어머니는 아이가 자신을 개입시키자 얼굴을 붉히며 심하게 꾸짖었다. "말을 잘 들어야지, 에드거! 앉아."
(그녀는 프랑스어가 그리 능숙하지 않아 자세한 설명에는 약간 어려움이 있는데도, 아이와 항상 프랑스어로 대화를 했다.)
에드거는 엄마의 말을 따르면서도 질문을 멈추지 않았다.

"남작께서는 본인이 원하시는 일만을 할 수 있다는 것을 잊지 말아라. 아마도 우리들이 이분을 지루하게 했나 보구나." 이번에는 그녀 스스로 이 일에 참견했다. 남작은 이러한 비난의 말이 사실은 찬사하는 말을 원해서라는 사실에 기쁨을 느끼게 되었다.

그의 마음속 사냥꾼의 본성이 잠에서 깨어났다. 그는 재빠르게 제대로 된 사냥감의 흔적을 발견한 것에 도취했으며 자극을 받았다. 사냥감은 그가 가까이에서 총을 쏘게 되리라는 것을 느끼고 있음이 분명했다. 그의 눈동자는 빛을 발하고 있었고, 피는 그의 혈관 속에서 빠르게 흐르고 있었으며, 그의 말은 샘처럼 솟아올랐다. 그는 다만 말을 어떻게 시작해야 할지 알 수 없었다. 그는 모든 에로틱한 성향이 발현된 사람은 원래 자신의 능력보다 두 배의 힘을 발휘한다고 생각했다. 그는 여자들의 마음을 유혹하는 것은, 마치 배우가 관객, 즉 숨 쉬는 대중이 자신의 매력 범위 안에 있음을 느끼면 광채를 발휘해 끌어당기는 것과 마찬가지임을 알고 있었다. 그는 항상 감각적 그림을 그릴 줄 아는 작가였다. 그러나 오늘은 ―그는 새로운 우정에 경의를 표하기 위해 주문한 몇 잔의 샴페인을 마셨다― 자신의 능력을 능가하는 상황이었다. 그는 자신이 영국 귀족인 친구의 손님으로 머물면서 경험했던 인도의 사냥에 대한 이야기를 했다. 그가 이 테마를 선택한 것은 현명한 일이었다. 왜냐하면 에로틱한 모든 것이, 그리고 그들이 도달할 수 없는 그 무엇이 이 부인을 자극했으나, 사실상 자신은 냉담하였으며 다른 감정을 갖고 있었기 때문이었다. 특히 이 이야기에 매혹된 것은 에드거였다. 그 아이의 눈동자는 감격으로 활활 타오르고 있었다. 그는 먹고 마시는 것도 잊고 단지 이야기하는 사람의 입에서 말이 나오는 것만을 응시하고 있었다. 그는 자신이 책에서만 읽을 수 있었던 동물들의 사냥, 황인종들, 인도의 종교, 무시무시한 마차와 그 바퀴 밑에 수천의 사람들이 매몰되는 무서운 일을 마주했던 사람을 실제로 만난다는 것을 한 번도 기대한 적이 없었다. 사람들이 동화의 나라가 있다는 것을 믿지 않는 것처럼, 그런 사람이 실제로 존재한다는 생각을 이제까지 한 번도 해 보지 않았다. 그러나 이 순간 그의 마음속에 어떤 거대한 감정이 처음으로 나타났다. 그는 자신의 친구에게서 눈을 돌릴 수가 없었다. 숨을 억누르고 동물들을 사냥했었던 바로 그 사람 앞에서 그를 응시하고 있었기 때문이었다. 그는 감히 질문하지 못했다. 아이의 목소리는 타오르듯 흥분하고 있었다. 에드거의 환상은 그 이야기의 장면들을 마법처럼 떠오르게 했다. 아이는 보랏빛 안장을 얹은 코끼리를 타고 있는 친구를 보았다. 오른쪽과 왼쪽에는 값진 터번을 두른 갈색의 남자들이 있었다. 그리고 날카로운 이빨을 가진 동물이 정글에서 튀어나와 코끼리의 긴 코를 앞발로 공격하는 그런 모습들이 떠올랐다. 남작은 사람들이 길들여진 늙은 짐승들로 하여금 야생의 어린 짐승들을 작은 방으로 유혹하여 얼마나 교묘하게 잡는지 등의 더욱더 흥미로운 이야기를 했다. 아이의 눈동자에서는 불꽃이 튀고 있었다. 그때 —갑자기 칼 하나가 그의 눈앞에 떨어지는 듯했다— 엄마가 갑자기 시계를 보더니 "9시구나! 자러 가야 한다!"라고 외쳤다.

에드거는 놀라서 창백해졌다. 모든 아이들에게 자

러 가야 한다는 소리는 끔찍한 말이었다. 왜냐하면 그것은 어른들에 대한 공공연한 굴복이며, 어리고 미숙한 아이에게 필요한 것이 잠이라는 사실을 고백하는 것이고 깊은 상처이기 때문이었다. 더군다나 이 흥미로운 순간에 그러한 치욕은 얼마나 끔찍한 일인가. 그녀는 그가 엄청난 것을 놓치게 했다.

"하나만 더, 엄마, 코끼리에 대한 것만요. 그 이야기만이라도 듣게 해 주세요!"

그는 애걸하기 시작했다. 그러나 재빠르게 어른이 된 자신의 새로운 품위를 생각하게 되었다. 그는 단 한 번만 시도했으나 그의 엄마는 오늘따라 유난히 엄격했다. "안 돼, 너무 늦었어. 올라가거라! 말 잘 들어야지, 에드거. 내가 남작님의 모든 이야기를 다시 해 주마."

에드거는 망설였다. 평상시에 그의 엄마는 항상 침대에까지 그를 데리고 갔었다. 그러나 그는 친구 앞에서 애걸하고 싶지 않았다. 그의 어린아이다운 자긍심은 비록 가련한 퇴장이라 해도 자발적인 의미를 부여하고 싶었다.

"그래요. 정말로, 엄마가 모든 것을 이야기해 주세요, 모든 것을! 코끼리나 다른 모든 것에 대해서요!"

"그래, 얘야."

"빨리요! 오늘."

"그래, 그래. 그러나 지금은 자야 한다. 일단 자러 가거라!"

에드거는 얼굴이 빨개지지 않고도 남작과 엄마의 손을 잡을 수 있다는 것에 스스로 놀라움을 금치 못했다. 왜냐하면 그는 이미 살짝 흐느끼고 있었기 때문이었다. 남작은 아이의 머리를 다정하게 잡아 흔들었다. 아이는 긴장된 얼굴에 억지로 웃음을 지어 보였다. 그리고 그는 재빨리 문 쪽으로 달려갔다. 그렇지 않았으면 그들은 아이의 뺨에 굵은 눈물방울이 흘러내리는 것을 보았을 것이다.

코끼리

엄마는 잠시 동안 남작과 식탁 옆에 남아 있었다. 그러나 그들은 코끼리들이나 사냥 등에 대해서 이야기하지 않았다. 아이가 떠난 후에 약간은 답답한 분위기가 되면서 곧 그들의 대화에는 당황스러운 기색이 역력히 드러났다. 마침내 그들은 홀에 건너가 모퉁이에 앉았다. 남작은 그 어느 때보다 멋있었고, 그녀도 몇 잔의 샴페인 때문에 흥분되어 있었다. 그들의 대화는 순식간에 위험한 수준에까지 도달했다. 사실 남작은 그리 잘생긴 편은 아니었다. 그는 젊고 힘이 넘치는 갈색 동안憧顔의 얼굴에 짧은 머리를 한 남성적인 모습이었다. 그러나 경쾌하면서도 거침없는 움직임으로 그녀를 황홀하게 했다. 그녀는 이제 가까이에서 그를 쳐다보면서도 그의 시선을 더 이상 두려워하지 않았다. 점차 그들의 말 속에는 대담한 그 무엇이 나타나기 시작했으며, 그녀는 이러한 상황에 스스로도 약간 당황했다.

그가 그녀의 몸에 손을 대거나 만질 때면 피가 얼굴에까지 솟구치는 이해할 수 없는 욕정을 느끼고 있는 것이 엿보였다. 그러나 그는 다시 가볍게 어린아이처럼 웃어 버렸다. 이 모든 욕정에는 어린아이의 장난스러움이 어려 있었다. 그녀는 한마디로 냉혹하게 거절해야 했다. 그러나 천성적으로 요염한 그녀는 이러한 작은 육감적인 일 때문에 오히려 자극받는 듯했고, 대담한 유희에 매혹되어 마지막에 가서는 그를 따르려고 하는 것 같았다. 그녀는 약간 두려움에 떨면서도 시선으로 약속을 전달했다. 말과 행동을 이미 욕망에 맡기고, 그가 다가오는 것, 그의 목소리가 가까이서 들려오는 것, 그리고 심지어는 그의 숨결이 그녀의 어깨에 느껴지는 것을 받아들이고 있었다. 사랑의 모험에 빠진 모든 이들처럼, 그들은 시간을 잊고 열렬히 대화하면서 자신을 잃어버렸다. 결국 자정이 되어 홀이 어두워지자, 그때서야 그들은 비로소 깜짝 놀랐다.

그녀는 당황스러워 즉시 벌떡 일어났고, 스스로 너무 대담하게 행동했음을 느끼게 되었다. 그녀에게 열렬한 사랑의 유희는 그렇게 낯설지만은 않았다. 그러나 그녀는 자신의 도발적 본능으로 이 사랑의 유희에도 진지함이 있음을 느끼고 있었다. 놀랍게도, 그녀는 스스로에게 확신이 없음을 알게 되었다. 그리고 마음속에 어떤 것이 미끄러지기 시작하여 불안해하면서도, 굽이치는 소용돌이 속에 빠져들어 가고 있음을 알게 되었다. 머릿속에는 불안, 포도주 그리고 열렬한 말들의 소용돌이가 요동치고 있었다. 어리석고 아무 의미 없는 불안감이 그녀를 엄습했다. 그 불안은 그녀의 삶 속에서 이미 여러 번 위험한 순간에 익히 경험했던 것이었다. 그러나 이렇게 어지럽고 격한 적은 없었다.

"안녕히 주무세요, 아침에 뵙지요."

그녀는 재빨리 벗어나려 했다. 그러나 그에게서 빠져나오지는 못했다. 또한 그녀의 마음속에 자리 잡고 있는 이 순간의 새롭고 낯선 불확실함에서 벗어날 수 없었다. 남작은 이별을 하려 내미는 그녀의 손을 부드럽게 힘주어 잡고서는 입을 맞추었다. 그리고 한 번만이 아니라 세 번, 아니 다섯 번 정도 섬세한 손끝에서 손바닥에까지 입맞춤을 했다. 떨림 그리고 약간의 전율과 함께 그녀는 자신의 손바닥에 닿는 거친 턱수염 때문에 가려움을 느꼈다. 따뜻하면서도 짓누르는 감정이 손에서 피를 타고 전신으로 흘렀다. 뜨거운 불이 솟구쳐 마치 위협하듯 그녀의 정수리를 때리는 것 같았다. 그녀의 머리는 타는 듯했으며, 그녀는 불안, 아무 의미 없는 불안을 온몸으로 느끼게 되었다. 그리고 그녀는 재빨리 손을 빼내었다.

"잠깐만 더 계세요." 남작이 속삭였다. 그러나 그녀는 서투르게나마 급하게 도망쳤다. 그녀의 마음은 다른 이들이 원했을 그런 흥분을 느끼고 있었으며 모든 것이 뒤엉키는 듯했다. 두렵고도 타는 듯한 불안감이 그녀를 뒤쫓고 있었다.

남자는 그녀를 뒤따라가 잡고 싶었다. 그녀도 도망을 가면서 그가 자신을 잡지 않는다는 사실에 애석함을 느꼈다. 바로 이 순간에 그녀가 몇 년 동안 무의식적으로 염원했던 일이 일어날 수도 있었으리라. 그녀는 사랑이란 모험의 입김을 탐욕스럽게 바라고 있었다. 그러나 마지막 순간에 항상 도망쳤다. 그것은 위험했고, 도발적인 사랑의 스쳐 지나가는 장난이 아니었다. 한편 남작은 그러한 결정적 순간을 이용할 줄 안다는 사실에 자긍심을 느꼈다. 그는 포도주에 약한 부인이 많이 취한 상황을 이용하면 그녀를 획득할 수 있으리라 확신하고 있었다. 그러나 또 약간의 갈등이 이 당당한 사랑의 모험가를 자극했고, 그는 이러한 탐닉을 충분히 의식하는 중이었다. 그녀는 그에게서 빠져나가지 못했다. 그녀의 혈관 속에 뜨거운 독이 흐르며 경련하고 있음을 그는 감지하고 있었다.

그녀는 계단 위에 서 있었다. 숨을 헐떡이는 가슴 위에 손이 얹어져 있었다. 그녀는 잠시 쉬어야 했다. 그녀의 마음은 거부하고 있었다. 한숨이 가슴에서 흘러나왔다. 반은 위험을 벗어났다는 안도의 한숨, 반은 유감의 한숨이었다. 모든 것이 혼란스럽고 약간의 어지러움 같은 것이 피를 타고 돌고 있었다. 그녀는 마치 술에 취한 사람처럼 반쯤 눈을 감고 문 쪽으로 걸어가 숨을 쉬었다. 그녀는 차가운 문고리를 잡았다. 이제 그녀는 안전하다는 것을 느꼈다.

조용히 그녀는 문을 방 쪽으로 밀었다. 그러나 다음 순간 소스라치게 놀랐다. 무엇인가가 방 안에서 움직이고 있었다. 어둠의 저 뒤쪽에. 그녀의 신경은 날카로워졌다. 도움을 요청하는 소리를 지르려는 순간, 잠에 취한 듯한 소리가 안에서 들려왔다.

"엄마예요?"

"아이고 맙소사, 뭐 하니?"

그녀는 에드거가 몸을 웅크리고 누웠다가 방금 잠에서 깨어난 쪽으로 달려갔다. 그녀는 맨 처음 아이가 아프거나 도움을 필요로 한다고 생각했다. 그러나 에드거는 여전히 잠에 취한 상태에서 나지막하게 투정을 부렸다.

"오랫동안 엄마를 기다렸어요, 그러면 잘게요."

"왜 그러니?"

"코끼리 때문이에요."

"어떤 코끼리?"

이제야 그녀는 기억이 났다. 그녀는 아이에게 모든 것을 이야기해 줄 것을 약속했었다. 오늘 남작이 언급했던 사냥이나 모험에 대하여. 그리고 아이는 그녀의 방으로 들어갔던 것이다. 이 단순한 어린아이는 그녀가 올 때까지 확고한 믿음으로 기다렸던 것이고, 그 생각을 하며 잠이 들었던 것이다.

아이의 행동이 그녀를 화나게 했다. 혹은 자신에게 화가 나는 것일 수도 있었다. 그녀는 죄의식과 부끄러움으로 조용히 중얼거렸으나 사실은 소리를 지르고 싶은 심정이었다.

"얼른 자러 가거라, 이 버르장머리 없는 장난꾸러기 같으니라고."

그녀는 그에게 소리를 질렀다. 에드거는 놀라서 그녀를 쳐다보았다. '왜 엄마가 나에게 화를 내지? 나는 아무 짓도 하지 않았는데?' 그러나 이 놀라움은 이미 격앙된 엄마를 더욱더 자극하고 있었다. "즉시 너의 방으로 가라." 그녀는 더욱 화가 나 소리를 질렀다. 실은 자신이 그에게 부당하다고 느꼈기 때문이었다. 에드거는 아무 말 없이 나갔다. 그는 정말로 피곤했고, 잠이라는 짓누르는 안개 때문에 뒤엉킨 것 같이 느껴졌다. 그의 엄마는 약속을 지키지 않았다. 그리고 어떤 기묘한 방법으로 그에게 나쁜 짓을 한 것이다. 그러나 그는 반항하지 않았다. 그의 마음속에서는 모든 것이 피곤함 속에서 둔탁하게 느껴졌다. 그리고 그는 자신이 깨어 있지 못하고 잠이 든 것에 화가 났다. "정말 어린아이 같군." 그는 잠이 들기 전에 자기 자신에게 화가 나서는 말했다.

어제부터 그는 자신이 어리다는 사실을 증오하고 있었기 때문이었다.

언 쟁

남작은 잠을 잘 이룰 수가 없었다. 사랑의 모험이 중단된 뒤에 잠을 자는 일은 항상 위험한 것이었다. 불안하고 색정적인 꿈으로 밤에 고통을 받자, 그는 그녀를 강력히 사로잡아 자신의 뜻에 따르도록 하지 않았다는 사실에 후회하게 되었다.

그가 아침에 여전히 잠에 취해 언짢은 기분으로 내려왔을 때, 아이가 갑작스럽게 구석에서 뛰듯이 달려와 감격스러워하며 그를 포옹했다. 그리고 여러 가지 질문으로 그를 괴롭히기 시작했다. 그 아이는 어른 친구를 다시 차지했으며, 엄마에게 빼앗기지 않았다는 사실에 행복해했다. 엄마한테는 말하지 않고, 어른 친구에게만 이야기해야 한다는 생각에, 그 아이는 친구를 귀찮게 했다. 왜냐하면 엄마는 약속을 했으면서도 아이에게 그 모든 놀라운 일들에 대하여 다시 이야기해 주지 않았기 때문이었다. 그는 어리석게도, 자신의 불쾌감을 애써 감추면서도 불편해하며 놀라는 남작을 여러 가지로 귀찮게 했다. 그는 질문을 하면서 자신의 사랑을 확인하고 있었다. 그는 자신이 오랫동안 찾았으며 아침 일찍부터 기다려 왔던 사람과 단둘이 있게 되었다는 사실에 행복했다.

남작은 기분이 언짢은 상태로 마지못해 대답했다. 아이의 영원한 기다림, 질문의 어리석음, 그리고 별로 원치 않는 소년의 열정이 그를 지루하게 하기 시작했다. 그는 날이면 날마다 이 열두 살 먹은 아이와 이리저리 다니며 바보스런 이야기를 떠들어 대는 일이 피곤했다. 그에게는 뜨거운 철을 단련시키듯 아이의 엄마와 단둘이 있는 것이 중요한 일이었기에

원하지 않는 아이의 존재는 문제가 되었다. 조심스럽지 못한 애정에 대해 느껴지는 불편함이 처음으로 그를 엄습했다. 너무나도 매달리는 이 여린 친구에게서 벗어나는 일이 불가능하다는 것을 알아차렸기 때문이었다.

어찌 됐건 간에 그의 의도가 문제가 되었다. 아이의 엄마와 산책하기로 약속한 10시라는 시간까지 그는 아이가 열렬히 이야기하는 소리를 그대로 두고, 아이의 자존심을 건드리지 않기 위해 아이에게 몇 마디 말을 건넸다. 그러나 동시에 신문을 이리저리 넘기고 있었다. 마침내 시곗바늘이 수직이 되자, 그는 갑작스럽게 기억이 난 듯이 아이에게 자신을 위해 다른 호텔로 잠시 가서 자신의 아버지인 그룬트하임 백작이 그곳에 도착했나를 알아봐 달라고 부탁했다.

악의 없는 아이는 친구의 부탁을 들어 줄 수 있다는 사실에 행복해하며, 파발꾼이 된다는 것에 자랑스러움을 느끼면서 즉시 펄쩍 뛰어갔다. 사람들은 놀라서 그를 쳐다보았다. 그러나 그것은 단지 그가 얼마나 민첩한가를 보여 주려고 한 것이었다.

백작은 아직 도착하지 않았다고 그곳의 사람들이 말했다. 그리고 도착 시간조차도 알려 주지 않았다고 덧붙였다. 아이는 다시금 폭풍처럼 빠른 발걸음으로 소식을 가지고 되돌아왔다. 그러나 홀에서는 남작을 찾을 수 없었다. 그는 남작의 방문을 두들겨 보았다. — 그러나 아무 소용이 없었다! 불안한 마음이 든 그는 모든 방들을 찾아다녔다. 음악실 그리고 살롱들을. 그는 확인해 보기 위해 흥분하여 엄마에게 달려갔다. 그녀 역시 없었다. 그가 결국 의심이 들어 수위에게 묻자, 수위는 그에게 두 사람이 몇 분 전에 함께 외출했다고 말하여 그를 당혹스럽게 했다.

에드거는 초조하게 기다렸다. 그의 천진함은 그 어떤 나쁜 것도 상상하지 않았다. '그들은 잠시 외출했겠지.' 왜냐하면 남작이 그의 소식을 필요로 한다고 확신했기 때문이었다. 그러나 몇 시간이 흘렀다. 그에게는 불안감이 스며들었다. 어쨌거나 이 낯설고 유혹적인 사람이 작고 악의 없는 소년의 삶 속에 연관

된 후, 아이는 하루 종일 긴장하고 자극되었으며 혼란스러웠다. 모든 열정은 부드러운 밀랍과 같은 어린 아이의 섬세한 유기체 속에 그 흔적을 남기는 것이었다. 눈꺼풀이 신경질적으로 떨리는 증상이 다시 나타났으며, 그는 더욱 창백해 보였다. 에드거는 기다리고 또 기다렸다. 처음에는 참을성 있게 기다렸지만, 이윽고 격하게 흥분하고 거의 울음을 터뜨릴 듯한 상태에 도달했다. 그러나 그는 아직은 의심하지 않았다. 멋있는 친구에 대한 그의 눈먼 신뢰는 뭔가 오해가 있지 않을까 하고 추측하게 했다. 그럼에도 그는 불안한 마음이 들어 은근히 괴로웠다. 그는 부탁을 잘못 이해하지 않았나 하는 생각도 해 보았다.

그들이, 그들이 마침내 돌아왔다. 그런데 즐겁게 떠들며, 놀라지 않는 것이 아주 이상했다. 그들은 그를 딱히 찾지 않은 것 같았다. "우리는 네가 오는 방향으로 갔었다. 오는 도중에 너를 만날 것이라 생각했지, 에디." 남작은 부탁한 일에 대해서는 묻지도 않고 말했다. 그러자 아이는 그들이 자신을 한참 찾았을지도 모른다고 생각하여 깜짝 놀라 후회하기 시작했고, 자기는 호흐슈트라세로 가는 직선 코스를 택했으며, 그들이 어떤 방향으로 왔었는지 알고 싶다고 말했다. 그때 엄마가 대화를 중단시켰다. "자, 이제 다 괜찮아? 됐다. 아이들은 너무 말을 많이 해서는 안 돼."

에드거는 화가 나 얼굴이 빨개졌다. 이번이 친구 앞에서 그의 말을 중간에 가로막는 두 번째의 비열한 시도였다. '왜 엄마는 이런 짓을 하지? 왜 엄마는 항상 나를 아이로만 취급하지? 나는 —그는 자신이 어린아이가 아님을 확신했다— 더 이상 아이가 아니지 않은가? 아마도 나를 질투해서 그를 자신에게로 끌어당기는 것일 테다. 그렇다, 확실히 그렇다. 남작을 의도적으로 다른 길로 인도한 것이다. 그러나 남작이 엄마에 의해 이런 가혹한 일을 당해서는 안 되지.' 그들은 그것을 알아야만 했다. 에드거는 이미 그녀에게 반항하려 마음먹었고, 저녁 식사시간에 그녀와 한마디도 하지 않고 친구에게만 말을 걸었다.

그 일은 그에게는 가혹한 일이 되었다. 그가 기다

렸던 상황이 벌어졌으나, 그들은 그의 반항을 전혀 눈치채지 못했다. 그들은 그를 보지도 못하는 것 같았다. 어제까지만 해도 그는 그들의 중심이지 않았던가! 그러나 그들은 그를 제외시키고 말했다. 그가 마치 식탁 밑으로 사라지기라도 한 듯 둘이서 함께 농담을 하며 웃고 있었다. 피가 뺨에까지 솟구치는 듯했다. 목구멍에는 그를 질식시킬 덩어리가 있는 것 같았다. 그는 경악하며 자신의 무기력함을 깨달았다. 그는 조용히 앉아서 엄마가 자신이 사랑했던 유일한 한 사람을 빼앗아 가는 것을 보아야만 했다. 그러나 대항하지 못하고 침묵할 수밖에 없었다. 그는 갑자기 일어서서 두 손으로 책상을 치고 싶은 생각이 들었다. 그들에게 자신을 인식시키기 위하여. 그러나 그는 인내하고는 조용히 포크와 칼을 내려놓고 더 이상 음식을 건드리지 않았다. 그럼에도 그들은 아이가 완강하게 음식을 거부하는 것을 오랫동안 알아차리지 못했다. 마지막 순간에야 비로소 엄마가 알아차리고 그에게 무슨 안 좋은 일이라도 있는지 물어보았다. '역겨워.' 그는 혼자 생각했다. '엄마는 내가 아픈가 안 아픈가만 생각하지. 그 외에는 모든 것이 다 마찬가지야.' 그는 재미가 없다고 간단히 대답했다. 그것으로 그들은 만족했다. 그 어떤 것도 남작의 관심을 강요할 수는 없었다. 남작은 그를 잊어버린 것 같았다. 그는 아이에게 한마디도 하지 않았다. 에드거의 눈에 뜨거운 무엇이 솟구쳐 올랐다. 그는 어린아이다운 방법을 생각해 냈다. 누군가가 그것을 보기 전에 재빨리 냅킨을 들어 올렸다. 그의 뺨에는 눈물이 흘러내려 입술에서 짠맛이 났다. 그는 마치 식사가 끝난 것처럼 숨을 들이쉬었다.

저녁 식사 중에 엄마는 마리아 슈츠로 함께 마차 여행을 할 것을 제안했다. 그는 입술을 깨물며 그 이야기를 들었다. 엄마는 그를 친구와 일 분도 단둘이 놔두려 하지 않았다. 아이가 일어서자 그녀가 말을 걸었다. 그때 그에게는 미워하는 마음이 격하게 솟아올랐다.

"에드거, 학교 공부를 다 잊어버리겠다. 너는 호텔

에 있어야 하지 않겠니!"

그는 작은 손을 불끈 쥐었다. 엄마는 항상 그의 친구 앞에서 자신을 폄하하여 그가 아직 아이이며, 학교에 가야 하고 어른들 앞에서는 단지 참기만 해야 한다는 사실을 공개적으로 상기시키고 있었다. 이번에도 그 의도는 너무도 명백했다. 그는 대답하지 않고 즉각 몸을 돌렸다.

"아하, 또다시 자존심이 상했구나." 그녀는 웃으며 이야기했다. 그리고 남작에게 말했다. "우리 아이가 한 시간 정도 공부를 하는 것이 그렇게 기분이 나쁜 일일까요?"

그때 —아이의 마음속이 차갑고 단단해졌다— 남작이 말했다. 자신의 친구이고, 그를 모범생이라고 조롱했던 그가! "한 시간이나 두 시간이면 그리 나쁘지 않을 겁니다."

'그게 무슨 의견의 일치람? 저들은 나를 배반하려고 서로 결탁을 했나?' 어린아이의 눈동자에는 분노의 불길이 타오르고 있었다. "아빠는 제가 여기에서 공부하면 안 된다고 하셨어요. 아빠는 제가 여기에서 병이 낫는 것을 원하세요." 그는 자부심을 드러내며 자신의 병으로 근거를 댔다. 아버지의 말씀에서 권위의 힘을 얻어서. 그는 마치 위협하는 것처럼 말을 내뱉었다. 그리고 그것은 탁월한 것이었다. 그 말은 정말로 두 사람의 불편함을 자극하는 것이었다. 엄마는 시선을 돌리고 신경질적인 손가락으로 책상 위를 두들겨 댔다. 불편한 침묵이 그들 사이에 자리잡고 있었다. "무슨 말이냐, 에디!" 남작이 억지웃음을 지으며 마침내 말했다. "나는 시험을 칠 필요가 없어. 이미 모든 시험에 떨어졌거든."

에드거는 그 농담에 웃을 수가 없었다. 다만 그의 영혼까지 알아내려는 듯, 시험하고 그리워하는 듯한 표정으로 그를 쳐다보았다. '무엇이 일어났는가?' 그 둘 사이에는 무엇인가가 변해 있었다. 그러나 아이는 이유를 알 수 없었다. 불안해서 시선이 불안정하게 되었다. 그의 마음속에 작지만 격렬한 심장의 박동이 시작되었다. 첫 번째 의혹이.

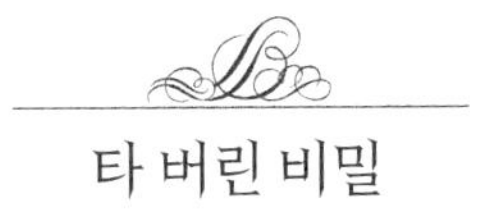

타 버린 비밀

'무엇이 엄마를 이렇게 변하게 했을까?' 아이는 달리는 마차 안에서 그들의 맞은편에 앉아 골똘히 생각했다. '왜 저들은 예전처럼 행동하지 않지? 내가 저들을 쳐다보면 무엇 때문에 엄마는 나의 시선을 피하지? 왜 남작은 내 앞에서 유머러스한 말을 하려고 하고 우스꽝스러운 짓을 하지? 두 사람은 어제나 그제처럼 나에게 이야기하지 않아. 저들은 마치 다른 사람이 된 것 같아. 엄마는 입술에 빨간 립스틱을 칠하고 있어. 예전에는 이런 엄마를 본 적이 없어. 남작은 마치 모욕을 당한 것처럼 이마를 찌푸리고 있어. 나는 저들을 기분 나쁘게 할 아무 짓도, 아무런 말도 하지 않았는데 말이야. 아니야, 내가 원인일 리가 없어. 저들 스스로가 서로에게 예전과는 다르지. 저들은 말해서는 안 되는 무엇인가를 시도한 것 같아. 어제처럼 수다를 떨지도, 웃지도 않고 약간 당황한 것 같아. 분명 무엇인가를 숨기고 있어. 어떤 비밀이 저들 사이에 있어. 단지 그것을 나에게 털어놓지 않는 거야. 내가 어떻게든 그 비밀을 알아낼 거야. 나는 이미 알고 있는지도 모르지. 저들은 나의 방문을 닫고 책이나 오페라 내용에 대해 이야기를 나누었을 거야. 남자와 여자들이 서로 팔을 벌리고 노래를 부르고 포옹하고 서로를 밀치고 하는 것들이었겠지. 아빠와 사이가 나빠 쫓겨났었던 나의 프랑스 여선생님과의 사건과도 같은 걸꺼야. 이 모든 일이 서로 연관되어 있어. 나는 느끼기는 하지만 어떤 것인지는 확실히 모르겠어. 오, 이 비밀을 알게 된다면, 모든 문을 열 수 있는 이 열쇠를 찾아낸다면. 나는 사람들이 모든 것을 숨기고 감추고 잡아 두고 속일 수 있는 그런 어린아이가 아니야. 지금부터 영원히! 나는 저들의 비밀을 알아낼 거야. 그 끔찍한 비밀을.'

그의 이마에 깊은 주름이 잡혔다. 열두 살 먹은 가냘픈 아이는 늙어 보이는 것 같았다. 그가 혼자서 골똘히 생각에 잠길 때면 으레 그러했듯이, 주위에 펼쳐진 화려한 색채의 풍경도 눈에 들어오지 않았다. 깨끗한 초록빛의 침엽수림이 울창한 산, 늦봄의 부드러운 광채를 발하고 있는 계곡들이 스쳐 갔다. 그는 마차의 뒤쪽에 앉아 강렬한 눈빛을 하고 마치 두 사람의 눈빛 속에서 비밀을 캐낼 수 있는 것처럼 맞은편에 앉아 있는 그들을 물끄러미 쳐다보았다. 열정적인 의심처럼 지능적인 것은 없으리라. 어둠을 뚫고 달리고 있는 마차 속에서 미성숙한 지적 능력이 모든 가능성을 생각하고 있었다. 우리가 진실이라고 부를 수 있는 세계로부터 아이들을 격리시키는 것은 마차의 얇은 문이었다. 그런데 갑작스럽게 부는 바람이 그 문을 열어 주었다.

에드거는 갑자기 그 낯선 사람이 어느 때보다 큰 비밀을 갖고 있음을 느끼고 있었다. 그것은 바로 앞에 자리 잡고 있었으나, 해결되지 않고 벗겨지지 않았다. 그러나 에드거를 자극했고, 그를 갑작스럽게 위엄있고 진지하게 만들었다. 왜냐하면 그는 자신이 어린 시절의 가장자리에 서게 됐음을 무의식적으로나마 예감하고 있었기 때문이었다.

맞은편 두 사람은 어떤 어슴푸레한 저항감을 느끼게 되었다. 그러나 그것이 아이가 보여 주는 감정인 것은 알지 못했다. 그들은 마차 안이 세 사람에게는 좁고 불편하다고 느끼게 되었다. 맞은편의 두 눈동자는 검은빛을 띠고 불꽃을 반짝이며 그들을 불편하게 만들고 있었다. 그들은 말할 용기도, 쳐다볼 용기도 내지 못했다. 방금 전에 나누었던 가볍고 사교적인 대화로 더 이상 되돌아갈 수 없었다. 그들은 이미 다정하고 비밀스러운 접촉을 드러내 주는, 애정을 나타내면서도 음탕함이 배어 있는 약간은 위험한 수

준의 어조로 대화를 나누고 있었던 것이다.

이제 그들의 대화는 틈이 벌어지고 중단되었다. 대화는 멈추었지만, 그들은 계속 말을 하려고 노력했다. 그러나 아이의 단호한 침묵에 걸려 비틀거리고 있었다.

특히 엄마에게는 그의 완강한 침묵이 짐스러웠다. 그녀는 아이의 옆모습을 조심스럽게 쳐다보다가, 그가 입술을 깨물고 있는 모습이 화가 나거나 자극을 받았을 때의 남편과 흡사함을 느끼고는 깜짝 놀랐다. 그러한 생각이 그녀를 불편하게 했고, 그녀가 사랑의 유희로 술래잡기 놀이를 하려는 바로 그 순간 남편을 생각지 않을 수가 없었다. 마치 유령처럼, 양심의 파수꾼은 좁은 마차 속에서 그 힘이 배가 되어 그녀를 참을 수 없게 했다. 그녀에게는 아이가 10센티미터도 채 안 떨어진 바로 맞은편에서 검은 두 눈동자를 굴리는 창백한 얼굴로 숨어서 살펴보는 것처럼 느껴졌다. 그때 에드거가 갑자기 옆으로 그녀를 쳐다보았다. 1초도 채 되지 않는 순간이었다. 두 사람은 똑같이 즉시 눈을 내리깔았다. 그들은 자신들의 생애에서 처음으로 서로를 감시하는 것을 느끼게 되었다. 이제까지 그들은 서로를 맹목적으로 신뢰했었다. 그러나 이제 엄마와 아이, 즉 그녀와 소년은 어떤 다른 관계가 되어 버렸다. 그들의 삶에 있어서 처음으로 서로를 관찰하기 시작한 것이다. 그들의 운명은 서로 갈라지기 시작했다. 두 사람은 서로에 대한 증오심을 갖게 되었다. 다만 두 사람이 증오심을 시인하려고 했다는 것이 새로운 점이었다.

말들이 다시 호텔 앞에 멈추자, 세 명은 모두 숨을 내쉬었다. 불행한 소풍이었다. 모두가 그것을 느꼈다. 그러나 그 누구도 그것을 말할 용기가 없었다. 에드거가 먼저 뛰어내렸다. 그의 엄마는 머리가 아프다고 말하고 서둘러 올라가 버렸다. 그녀는 피곤해했고 혼자 있고 싶어 했다. 에드거와 남작만이 남아 있었다. 남작은 마부에게 차비를 지불했다. 그리고 아이는 쳐다보지도 않고 시계를 보며 홀 쪽으로 걸어갔다. 그는 멋있고 날씬한 뒷모습을 보이며, 아이가 매력을 느끼고 어제는 흉내 내려 노력하기까지 했던 바로 그 리드미컬한 가벼운 몸짓으로 아이의 옆을 지나가고 있었다. 그는 미끄러지듯이 옆을 지나쳐 가 버렸다. 명백히 그는 아이를 잊은 것 같았다. 그와는 상관없는 사람처럼 아이를 마부와 말들이 있는 곳에 놔두고 가 버린 것이다.

에드거는 그 모든 일에도 불구하고, 그래도 우상처럼 사랑했었던 그가 지나쳐 가 버리는 것을 보고 마음속의 무엇인가가 찢어지는 듯하였다. 그가 아무 죄의식도 없이 자신을 지나쳐 가면서, 옷깃조차 스치지 않고 한마디도 하지 않자, 그의 마음속에는 의혹이 일어났다. 가까스로 붙잡아 온 자제력이 사라지고, 억지로 지켜 온 품위에 대한 부담감이 그의 가냘픈 어깨에서 미끄러져 내려왔다.

그는 다시 어제나 옛날처럼 작고 겸손한 어린아이가 되었다. 오늘의 일은 자신의 뜻과는 반대로 남작에게 상처를 입혔던 것이다. 그는 떨리는 걸음으로 재빨리 남작의 뒤를 따라갔다. 남작은 마침 계단을 올라가고 있었는데, 아이는 그의 길을 막고 흘러내리는 눈물을 가까스로 참으면서 그에게 말했다.

"제가 오늘 당신에게 무슨 짓이라도 했나요? 당신은 제게 더 이상 관심이 없나요? 왜 당신은 저와 함께 있으려 했었지요? 그리고 엄마도요. 왜 당신은 저를 항상 내보내려고만 하지요? 제가 당신에게 귀찮은 존재인 게 아니라면, 제가 무슨 짓을 했나요?"

남작은 깜짝 놀랐다. 그 목소리에는 그를 혼동시키고 약하게 만드는 무엇이 있었다. 이 악의 없는 소년에 대한 동정심이 걷잡을 수 없이 밀려왔다.

"에디, 너는 바보구나. 나는 오늘 기분이 조금 나쁠 뿐이야. 너는 내가 정말로 좋아하는 사랑스런 아이다." 그는 자신의 머리를 세련되게 이리저리 흔들었다. 그러면서도 촉촉이 젖어 애원하는 듯한 큰 눈망울을 쳐다볼 수 없어 고개를 반쯤 돌렸다.

남작이 연출했던 희극은 그를 오히려 곤혹스럽게 만들었다. 그는 이 아이의 사랑을 우스꽝스럽게 만든 일로 이미 스스로 부끄러워하고 있었다. 아이의 가냘프고 울먹이는 목소리는 그의 마음을 아프게 했다.

“올라가라, 에디, 오늘 저녁 다시 사이좋게 지내자.” 그는 위로하며 말을 계속했다.

“엄마가 저를 올려 보내는 것을 참을 수 없지요, 그렇지요?”

“그래, 그래 에디, 나는 참을 수가 없다.” 남작은 미소를 지었다. “그래도 이제는 올라가라. 나는 저녁 식사를 위해 옷을 입어야 한단다.”

에드거는 그 순간 행복해하며 방으로 올라갔다. 그러나 마음속에 어떤 느낌이 일고 있었다. 그는 어제보다 몇 년은 늙은 것 같았다. 의심이라는 낯선 감정이 이제 그의 어린 가슴속에 자리 잡기 시작했다.

그는 기다렸다. 그것은 결정적 시험이었다. 그들은 함께 식탁에 앉아 있었다. 9시가 되었다. 그러나 엄마는 그를 침대로 보내지 않았다. 그는 불안해졌다. 왜 오늘은 그를 오래 머물도록 할까, 전에는 그렇게 정확했던 그들이? 혹시 남작이 자신의 진심을 엄마에게 말했나? 괜스레 그의 진심을 털어놓았나 하는 끔찍한 후회의 감정이 그를 엄습했다. 10시가 되자 갑자기 그의 엄마가 일어나 남작에게 작별을 고했다. 이상한 것은, 남작도 일찍 헤어지는 것을 놀라워하지 않고, 예전처럼 그녀를 붙잡으려 하지도 않는 것이었다. 가슴속 두근거림이 더욱더 격하게 요동치기 시작했다.

이제 결정적인 시험을 할 차례였다. 그는 아무것도 모르는 척, 말대꾸도 하지 않고 엄마를 문 쪽으로 따라갔다. 순간 그는 깜짝 놀랄 만한 일을 보게 되었다. 그의 머리 위를 지나 남작에게 건네는 엄마의 웃음 짓는 눈길을 포착한 것이었다.

그것은 비밀스럽게 동의하는 시선이었다. 남작이 그를 배반했고, 그래서 대화를 일찍 중단하게 된 것이었다. 그가 내일 그들에게 방해가 되지 않으려면 오늘 얌전히 잠이 들어야 하기 때문이었다.

"나쁜 놈." 그는 중얼거렸다.

"뭐라고?" 엄마가 물어보았다.

"아무 일도 아니에요." 그는 이를 악물고 대답했다.

그는 이제 비밀을 간직하게 되었다. 그것은 미움으로, 그 두 사람에 대한 끝없는 증오였다.

침 묵

에드거의 불안감은 이제 사라져 버렸다. 마침내 그는 순수하고 명백한 감정을 즐기게 되었는데, 그것은 증오와 공공연한 적대감이었다. 이제 그가 부인과 남작에게 장애물이 된다는 것이 확실해졌기 때문에, 그에게는 둘과 함께 있는 것이 끔찍하게 복잡한 엽기적 즐거움이 되었다. 그는 그들을 방해하고, 결국에 가서는 적개심으로 똘똘 뭉친 힘으로 그들에게 저항하려는 상상을 하며 즐거움을 느꼈다. 그는 우선 남작에게 적대감을 보여 주었다. 아침에 남작이 내려와 그를 지나쳐 가며 "안녕, 에드거!" 하고 아침인사를 해도, 에드거는 의자에 앉아 쳐다보지도 않고 냉정한 아침인사로 응대했다. "엄마도 벌써 내려와 계시니?" 에드거는 신문을 읽으며, "모르겠어요"라고 대답했다.

남작은 멈칫했다. '대체 갑자기 이게 무슨 일이람?'

"잠을 잘 못 잤니, 에디? 무슨 일 있었니?" 그는 언제나처럼 농담으로 그 순간을 넘어가려 했다. 그러나 에드거는 경멸하는 투로 그에게 이의를 제기했다. "아니요." 그리고 신문 쪽으로 깊숙이 고개를 숙였다. "바보 같은 녀석." 남작은 중얼거리며 어깨를 으쓱하고 나서 계속 걸어갔다. 적대감이 그들 사이에 형성된 것이다.

에드거는 엄마에게도 냉정하지만 예의 바르게 대했다. 그는 자신을 테니스장으로 보내려 하는 적당치 못한 시도를 조용히 거절했다. 일그러지고 증오로 점철된 입가의 웃음은 이제 더 이상은 속지 않으리란 다짐을 보여 주는 것이었다. "대신 엄마와 아저

씨와 함께 산책을 가겠어요, 엄마." 그는 짐짓 다정함을 가장해 말하고는 그녀의 눈동자를 쳐다보았다. 그녀는 대답하기 거북한 듯이 머뭇거리며 다른 무엇인가를 찾는 시늉을 했다. "여기에서 엄마를 기다려라." 그녀는 마침내 결심하고 아침식사를 하기 위해 나갔다.

에드거는 기다렸다. 그러나 그의 불신하는 마음은 활활 타오르고 있었다. 불안한 본능이 이 두 사람의 모든 말에서 비밀스럽고도 적대적인 의도를 찾아내려 했다. 악의는 명확한 결정을 하도록 그에게 통찰력을 부여했다. 그는 홀에서 기다리라는 명령을 들었지만, 입구 뿐만 아니라 모든 문을 감시할 수 있는 거리에 서 있고 싶었다. 그의 마음속 그 무엇이 기만의 낌새를 알아챈 것 같았다. 그들은 아이에게서 더 이상 벗어날 수 없으리라. 그는 인디언의 책에서 배운 대로 거리의 장작더미 뒤에 숨어 있었다. 반 시간 뒤에 그의 엄마가 옆문으로 빠져나왔고, 배신자인 남작이 손에 화려한 장미꽃 다발을 들고 뒤따라 나오는 것을 보고 그는 쾌재의 미소를 지었다.

두 사람은 대단히 기분이 좋은 것 같았다. 그들은 아이에게서 빠져나온 것으로 생각했고, 두 사람만의 비밀을 지킬 수 있게 되어 안도의 숨을 내쉬었다. 그들은 웃으면서 대화를 나누었고, 막 숲길로 접어들고 있었다.

이제 결정적인 순간이 다가왔다. 에드거는 마치 우연이 그를 그곳으로 인도한 것처럼 장작더미 뒤에서 어슬렁거리며 나타났다. 그는 아주 침착하게 다가갔다. 그들의 놀라워하는 모습을 충분히 즐기기 위하여 서서히, 아주 서서히. 두 사람은 당황하여 낯설어하는 듯한 눈빛을 교환하고 있었다. 가장된 자명함을 보여 주면서, 아이는 서서히 다가갔다. 그리고 잠시도 그들에 대한 냉소적인 시선을 중단하지 않았다.

"아, 너구나, 에디. 우리는 이미 저 안에서 너를 찾았단다." 엄마는 마침내 말했다. '가증스럽게 거짓말을 하고 있군.' 아이는 생각했다. 그러나 입술은 꾹

다물고 있었다. 아이와 엄마는 증오라는 비밀을 이를 악물고 서로 마음속에 담고 있었다.

세 사람은 결정을 내리지 못하고 서 있었다. 한 사람이 다른 두 사람을 염탐하고 있었다.

"이제 가자." 화가 난 엄마가 체념한 듯 말하고서 아름다운 장미 한 송이를 꺾었다. 그녀의 얼굴 반쪽이 분노를 보여 주듯 다시 가볍게 떨리고 있었다. 에드거는 그것이 자신과는 아무 상관이 없다는 듯이 서 있다가 허공을 쳐다보면서 그들이 갈 때까지 기다렸다. 그러고는 그들 뒤를 뒤따라가기 시작했다. 남작은 또다시 새로운 시도를 했다. "오늘 테니스 연습이 있지. 너는 구경한 적이 있니?" 에드거는 경멸하는 표정으로 그를 쳐다보았다. 아이는 대답하지 않은 채로 휘파람을 불려는 것처럼 입술을 오므렸다. 그것이 아이의 결정이었다. 그의 증오심은 번뜩이는 이빨을 드러내고 있었다.

초대받지 못한 아이의 존재는 마치 악몽처럼 두 사람을 괴롭히고 있었다. 그들은 죄수처럼 그가 보지 못하게 주먹을 꽉 쥐고는 감시자의 앞을 걸어갔다. 아이는 실로 아무 일도 하지 않았다. 하지만 매순간 눈물을 꾹 참느라 눈시울이 촉촉했으며, 투덜대면서 그 어떤 접근도 거부했다. 불평하면서 동시에 염탐하는 듯한 그의 시선은 그들에게는 참기 어려운 것이었다.

"앞서 가거라." 계속되는 염탐에 불안을 느낀 엄마가 화가 나서 갑자기 말을 내뱉었다. "발로 장난치지 마라, 나를 거슬리게 하는구나!" 에드거는 그 말에 따랐지만, 몇 걸음을 걷고 난 뒤에 그들이 뒤에 서 있으면 몸을 돌려 멈춰 서서 기다렸다. 그는 마치 검은 강아지로 변신한 악마 메피스토펠레스처럼 그들 주위를 맴돌면서, 증오의 뜨거운 그물로 그들을 에워싸고 그들이 벗어날 수 없이 사로잡힌 것 같은 느낌을 주었다.

아이의 악의가 담긴 침묵은 마치 떫은 산酸처럼 그들의 기분을 망치고 있었다. 아이의 시선은 그들의 대화를 망쳐 놓았다. 남작은 더 이상 구애하는 말을 하지 못했다. 그는 분노하면서, 이 여자도 자신의 통제에서 벗어나고 있으며, 귀찮고 마음에 들지 않는 아이 때문에 두려움을 느끼는 바람에 힘들게 불붙인 열정이 다시 식어 간다는 것을 느끼고 있었다. 그들은 말을 하려 했지만 대화는 자꾸 중단되었다. 마침내 세 사람 모두 무거운 발걸음으로 느릿느릿 걸어가고 있었다. 나무줄기가 속삭이듯 서로 부닥치는 소리와 언짢은 발걸음 소리만이 들렸다. 어린아이가 그들의 대화를 망쳐 놓고 있는 것이었다.

이제 세 사람의 마음속에서 적대감이 자리 잡고 있었다. 그들이 자신들이 멸시했던 아이에게 분노하면서도 아무 저항을 못하자 아이는 쾌감을 느꼈다. 그는 조롱이라는 불꽃을 튀기며 때때로 남작의 긴장된 얼굴을 쳐다보았다. 그리하여 남작이 이를 부드득 갈면서도 아이에게 욕설을 뱉어 내지 않기 위해 꾹 참고 있음을 알게 되었다. 그리고 엄마가 대단히 분노하고 있음을 알고는 악마적인 쾌감을 느끼게 되었다. 한편 두 사람은 아이를 치워 버리거나, 피해를 입지 않고 공격할 빌미만을 찾고 있었다. 그러나 그는 어떤 기회도 제공하지 않았다. 아이의 증오심은 오랫동안 계산되어 어떤 허점도 보이지 않았다.

"되돌아가자!" 갑자기 엄마가 말했다. 그녀는 더 이상 참을 수가 없었고, 어떤 행동이든 취해야 했다. 이러한 고문을 당하는데, 적어도 소리는 쳐야 할 것 같았다.

"유감이네요." 에드거는 조용히 말했다. "이렇게 좋은데요."

두 사람은 아이가 자신들을 조롱하고 있음을 알았다. 그러나 그들은 말할 용기를 내지 못하고 있었다. 이 전제군주는 이틀만에 스스로를 자제하는 법을 놀라울 정도로 습득하고 있었다. 얼굴의 표정에서도 빈정거림을 드러내지 않았다. 그들은 아무 말 없이 호텔로 돌아갔다. 아이와 둘만 방 안에 있게 되자, 여자의 마음속에는 분노가 솟구쳐 올랐다. 그녀는 화가 난 듯 양산과 장갑을 집어던졌다. 에드거는 그녀가 대단히 흥분해서 곧 감정이 폭발할 상황이라는 것을 알고 있었다. 그러나 그는 오히려 그녀의 감정이 폭발하는 것을 원하고 있었고, 의도적으로 그녀를 자극하기 위해 방 안에 머물러 있었다. 그녀는 방 안을 왔다 갔다 했다. 그러다가 다시 앉아서 책상을 손가락으로 두들겨대더니, 이윽고 벌떡 일어섰다.

"너는 모든 것을 뒤죽박죽으로 만들고 있구나. 사방을 어지럽히고 있어. 사람들 앞에서 창피하지도 않니? 네 나이에 이런 행동을 하는 것이 부끄럽지도 않니?"

아이는 한마디 말대꾸도 없이 빗질을 하고 있었다.

이 입술 위에 경멸을 품은, 완고하고도 냉정한 침묵은 그녀를 광분하게 만들었다. 아마도 그녀는 그를 두들겨 패고 싶었을 것이다. "너의 방으로 가라!" 그녀는 소리를 질렀다. 그녀는 아이의 존재를 더 이상 참을 수가 없었다. 에드거는 미소를 짓고 가 버렸다.

이제 그들 두 사람은 아이 앞에서 떠는 신세였다. 아이와 함께 있는 동안에는 그의 냉혹하고 무자비한 눈동자가 두 사람을 포착하고 있다는 사실에 두려워하는 것 같았다! 그들이 불편하게 느끼면 느낄수록, 아이의 시선은 더욱더 포만감을 느낀 만족스러운 빛을 발하고 있었으며, 그의 즐거움은 한층 더 도전적인 것이 되었다. 에드거는 거의 짐승같은 잔혹함으로 저항할 수 없는 두 사람에게 고통을 주었다. 그래도 남작은 그의 분노를 어느 정도 잠재울 수 있었다. 왜냐하면 그는 자신의 목표만을 생각했고, 아직은 아이에게 장난칠 수 있었기 때문이었다.

그러나 엄마는 갈수록 자제력을 잃고 있었다. 오직 아이에게 소리 지를 수 있다는 것이 작은 안도감을 주는 것 같았다.

"포크를 가지고 장난치지 마라." 그녀는 식탁에서 그를 야단쳤다. "너는 버릇이 없구나. 항상 어른이 있는 곳에만 있으려 하는구나."

에드거는 미소만 짓고 있었다. 그는 머리를 옆으로 약간 기울이면서 웃었다. 엄마의 이러한 소리 지르는 행동은 그녀가 혼란스러워 한다는 것을 의미했다. 에드거는 이처럼 그녀가 속마음을 드러내는 행동을 보고는 자만심을 느꼈던 것이었다. 이제 그는 마치 의사라도 된 것처럼 조용한 시선을 보내고 있었다. 예전에 그는 그녀의 화를 돋우려 일부러 심술궂게 군 적이 있었다. 그러나 증오하면서 보다 많은 것을 빨리 배우게 되었다. 이제 그는 침묵하고, 침묵하고 또 침묵했다.

마침내 그녀는 아이의 침묵이 주는 압박감을 견디지 못하고 소리 지르기 시작했다. 그녀가 식사를 끝내고 일어서자, 에드거는 당연하다는 듯 그들을 뒤쫓아 가려 했고, 끝내 엄마는 폭발했다. 그녀는 주변에 사람들이 있다는 사실도 잊고 에드거에게 진실을 말해 버렸다. 아이가 항상 그들 옆에 있다는 사실이 고통스러운 나머지, 그녀는 마치 날파리 때문에 괴로워하는 말처럼 펄쩍 뛰었다.

"너는 왜 3살 먹은 아이처럼 항상 내 뒤를 쫓아다니니? 나는 네가 아무 때나 내 옆에 있는 것을 원하지 않는다. 아이들은 어른들이 있는 곳에 있으면 안 돼. 알아들었니! 한 시간이라도 너 자신의 일을 해봐. 책을 읽거나 아니면 네가 원하는 것을 해라. 나를 조용히 놔두거라! 내 주위를 돌아다니는 너의 그 거슬리는 행동이 나를 예민하게 하는구나."

마침내 아이는 그녀에게서 고백을 얻어내었다! 에드거는 웃었다. 반면에 남작과 엄마는 당황한 것 같았다. 그녀는 몸을 돌려 말을 계속하려 했다. 아이에게 불편함을 고백해 버린 자신에게 화를 내면서. 그러나 에드거는 냉정했다.

"아빠는 내가 혼자 돌아다니는 것을 원하지 않아요. 아빠는 내게 조심히 지낼 것과 항상 엄마 옆에 함께 있을 것을 약속하도록 하셨어요."

그는 '아빠'라는 단어를 강조해서 발음했다. 그 말이 두 사람을 마비시킬 수 있는 어떤 영향력을 갖고 있다는 것을 알게 되었기 때문이었다. 그의 아버지도 이 타 버린 비밀에 어떤 식으로든 연루되어 있을 것이었다. 아빠는 두 사람에 대해 그가 알지 못하는 어떤 비밀스러운 힘을 행사하고 있었다. 왜냐하면

'아빠'라는 단어를 언급하기만 해도 그들의 얼굴에는 불안과 불편함이 역력했기 때문이었다. 그들은 그에게 아무런 대답도 하지 않았다. 그들은 항복했다. 엄마가 앞장을 서자, 남작은 그녀와 함께 가 버렸다. 에드거가 뒤따랐으나, 시종과 같은 겸손한 태도가 아니라 마치 감시인처럼 단호하고 엄격하며 냉혹한 모습이었다. 에드거는 그들이 도망갈 수 없도록 하는 보이지 않는 철렁거리는 사슬을 붙잡고 뒤따라가고 있었다. 미움은 어린아이를 강하게 만들었다. 이 아무것도 모르는 아이는 비밀을 간직하고 있는 두 사람보다 강력했다.

거짓말쟁이들

시간은 얼마 남지 않았다. 남작의 휴가는 며칠밖에 남아 있지 않았고, 그는 그것을 최대한 이용하고 싶었다. 흥분한 아이의 완고한 저항은, ―그들도 느끼고 있었다― 아무 소용도 없을 것이다. 그들은 마지막으로 비열한 해결책을 찾고 있었다. 전제군주 같은 아이에게서 한 시간 혹은 두 시간 정도 벗어나기 위해.

"이 편지들을 우체국에서 등기로 부쳐라." 엄마는 에드거에게 심부름을 시켰다. 모자는 홀에 서 있었고, 남작은 밖에서 마부와 이야기를 나누고 있었다.

에드거는 의심하며 두 통의 편지를 받았다. 그가 알기론, 예전에는 시종이 엄마의 심부름을 수행했었던 것이다. 마침내 그들이 함께 무엇인가를 준비하고 있는 것인가?

그는 머뭇거렸다.

"어디에서 나를 기다릴 건가요?"

"이곳에서."

"분명하지요?"

"그래."

"엄마, 가면 안 돼요! 내가 돌아올 때까지 이곳 홀에서 나를 기다려야 해요." 그는 엄마에게 약간은 우월한 감정을 느끼며 명령하듯이 말했다. 그제부터 많은 것이 바뀌어 있었다.

그는 두 통의 편지를 들고 가다가 문에서 남작과 마주쳤다. 그는 이틀 만에 처음으로 남작에게 말을 걸었다.

"저는 편지 두 통을 우체국에 가지고 가요. 엄마는

제가 돌아올 때까지 기다릴 거예요. 그 전에 어디 가지 마세요."

남작은 재빨리 자신의 마음을 감추었다.

"그래, 그래, 기다리마."

에드거는 우체국으로 달려갔다. 한 남자가 지루하게 여러 질문을 하는 바람에, 그는 한동안 기다려야만 했다. 마침내 그는 부탁받은 것을 처리하고는, 즉시 영수증을 들고 달려서 되돌아왔다. 그럼에도 결국 엄마와 남작이 마차를 타고 떠나갔음을 알게 되었다. 그는 분노로 몸이 굳어 버렸다. 그는 몸을 구부려 그들에게 돌을 던졌다. 그러나 그들은 진작에 떠나가 버렸다. 얼마나 비열하고 야비한 거짓말인가! 그는 엄마가 거짓말을 하고 있다는 것을 어제부터 알고 있었다. 그러나 이렇게까지 비양심적일 수 있다는 사실, 공개적으로 약속을 무시해 버렸다는 사실이 그에게 남은 마지막 신뢰감을 빼앗아 갔다.

그는 말 뒤에는 진실이 숨겨져 있다고 생각했었다. 그러나 이제 말이란 것은, 텅 빈 채로 부풀어 오른, 단지 색깔만 화려한 방울에 지나지 않는다는 사실을 알게 되었다. 그는 삶이라는 것을 이해할 수 없게 되었다. 어른들이 아이를 속이기 위해 마치 범죄자처럼 몰래 도망가는, 그런 행동까지 마다 않게 하는 그 끔찍한 비밀이 도대체 무엇이란 말인가? 그가 읽었던 책 속에서 사람들은 돈이나 권력 혹은 왕국을 획득하기 위해 사람들을 살해했다. 그러나 그들이 그런 짓을 하게 된 원인은 무엇이었을까? 두 사람은 무엇을 원했던 것일까? 그들은 왜 아이로부터 달아나 숨어 버리려고 할까? 그들은 그 많은 거짓말로 무엇을 감추려고 하는가. 그는 머리를 싸매고 생각했다. 이 비밀은 어린아이가 풀어야 할 자물쇠이고, 자라서 성인 남자가 되기 위해서는 반드시 정복해야 하는 것임을 그는 어렴풋이 느끼게 되었다.

오, 그것을 이해할 수 있다면! 그러나 그는 더 이상 명확하게 이해할 수 없었다. 그들이 자신에게서 벗어나 떠나갔다는 사실에 분노하여 그의 명확한 통찰력은 과열되었고 급기야 흐려졌다.

그는 숲속으로 달려갔다. 아무도 그를 볼 수 없는 어둠 속에서 자신을 추스르다가, 뜨겁게 눈물을 흘렸다. "거짓말쟁이, 나쁜 놈, 사기꾼, 악당들!" — 그는 이 말을 크게 외쳐야만 했다. 그렇지 않으면 질식할 것 같았다. 이것은 어린아이가 맞이한 투쟁이었다. 그가 성장하면서 겪었던 광증 속에 억압되어 있던 분노, 초조함, 불쾌함, 호기심, 어찌할 수 없는 무력감 그리고 최근에 겪은 배신의 충격이 이제 가슴에서 튀어나와 눈물이 되었다. 어린 시절의 마지막 울음이자, 가장 격렬하게 터뜨리는 울음이었다. 그는 눈물을 흘리면서도 동시에 쾌감을 만끽하고 있었다. 그는 자제하지 못하고 분노를 터뜨리며 모든 것을 뱉어 내듯 울었다. 신뢰, 사랑, 믿음, 존경 — 어린 시절의 모든 것을.

그리고 호텔로 되돌아온 아이는 다른 사람이 되어 있었다. 그는 냉정하고 신중하게 행동했다. 우선 방으로 되돌아갔다. 그리고 두 사람이 눈물의 흔적을 보면서 승리를 즐기지 못하도록 조심스럽게 얼굴과 눈을 닦았다. 다음으로 복수를 준비했다. 그는 불안해하지 않고 침착하게 기다렸다.

마차가 두 명의 도망자를 데리고 와 밖에 정지했을 때, 홀에는 사람들이 북적이고 있었다. 몇 명의 신사들은 장기를 두고, 다른 사람들은 신문을 읽고 있었다. 그리고 부인들은 수다를 떨고 있었다. 그들 사이에 약간은 창백하고 떨리는 시선을 한 아이가 앉아 있었다. 엄마와 남작은 들어오면서 그를 보자 약간 당황해 했다. 그들이 더듬거리며 준비된 변명을 하려 하자, 아이는 그들 앞에 똑바로 서 있다가 조용히 다가갔다. 그리고 요구하듯 말했다.

"남작님, 저는 당신에게 이야기할 것이 있습니다."

남작은 이러한 행동에 불편함을 느꼈다. 그는 무엇인가 알아차렸다.

"그래, 그래, 나중에 하자!"

그러나 에드거는 목소리를 높였다. 밝으면서도 날카로운 소리로 말했기 때문에 주위의 모든 사람들이 들을 수 있었다. "저는 지금 당신과 이야기하고 싶습니다. 당신은 비열하게 행동하셨어요. 당신은 나를 속였습니다. 당신은 엄마가 나를 기다리고 있음을 알고 계셨어요, 그리고…"

"에드거!" 모든 시선이 자신에게 쏠리고 있음을 알게 된 엄마는 소리를 지르면서 그에게 달려갔다.

그러나 엄마가 자신보다 더 크게 소리 지르려 한다는 것을 알고 아이는 더욱 날카롭게 소리를 질렀다. "저는 당신에게 모든 사람들이 보는 앞에서 이야기하겠습니다. 당신은 비열하게 속임수를 썼어요. 그것은 야비하고 질이 나쁜 행동입니다."

남작은 창백한 얼굴로 서 있었다. 사람들이 쳐다보았고, 몇몇은 웃고 있었다.

엄마는 흥분하여 떨고 있는 아이를 붙잡았다.

"즉시 너의 방으로 가라, 아니면… 모든 사람들 앞에서 너를 때리겠다." 그녀는 쉰 목소리로 말을 더듬고 있었다.

에드거는 안정을 되찾고 있었다. 그렇게 흥분했었다는 사실이 그에게는 유감스러운 일이었다. 그는 자신에게 불만족스러웠는데, 남작에게 보다 냉정하게 요구하고 싶었기 때문이었다. 그러나 분노는 그의 의지보다 더욱더 격한 것이었다. 조용히 서두르지 않고 아이는 계단 쪽으로 몸을 돌렸다.

"미안합니다, 남작님. 그렇게 버릇없이 행동하다니… 우리 아이가 예민하다는 것을 당신도 알고 계시겠지요…."

그녀는 다시 말을 더듬고 있었다. 주위에서 응시하는 사람들의 심술궂은 시선에 약간 당황한 모양이었다. 이 세상에서 그녀에게 스캔들처럼 두려운 것은 없었다. 그녀는 이제 침착함을 유지해야 함을 잘 알고 있었다. 그래서 그녀는 도망치는 대신, 우선 수위에게로 가서 편지가 왔는지, 그리고 다른 중요하지 않은 일들을 묻고는 아무 일도 일어나지 않았던 것처럼 위로 올라갔다. 그러나 그녀의 등 뒤에서는 킥킥거리고 나지막하게 웃는 소리들이 들려왔다. 계단을 오르면서 그녀의 걸음걸이가 서서히 느려졌다. 그녀는 정말 긴박한 상황에서는 속수무책이었고, 이런 갈등의 순간에는 불안하기만 했다. 무엇보다 자신이 잘못했다는 사실을 부인할 수 없었다. 그리고 자신을 마비시키고 불안하게 만들었던 아이의 새롭고 낯선 시선이 두려워졌다. 불안한 마음에 그녀는 아이에게 온화하게 대하려고 결심했다. 이렇게 싸움을 할 때에는 결국 흥분한 아이가 이기게 될 것임을 잘 알고 있었기 때문이었다.

그녀는 조용히 문을 열었다. 아이는 그곳에 앉아 있었다. 조용히 그리고 냉정하게. 그녀를 쳐다보는 아이의 시선에서는 불안감을 찾아볼 수 없었다. 호기심도 보이지 않았다. 그의 태도는 대단히 확고한 것 같았다.

"에드거." 그녀는 될 수 있는 대로 엄마다운 부드러운 태도를 보이려고 애썼다. "무슨 생각이 들었어? 나는 네가 부끄럽다. 어떻게 그렇게 버르장머리 없이 행동할 수 있니, 아이가 어른한테! 즉시 남작님에게 사과해라."

에드거는 창밖 너머를 쳐다보고 있었다. "싫어요."

그는 나무 쪽을 바라보며 즉시 대답했다. 아이의 확고함이 그녀에게는 낯설었다.

“에드거, 너에게 무슨 일이 일어났니? 너는 예전과는 완전히 다르구나. 나는 너의 마음을 더 이상 알 수가 없다. 너는 다른 사람과 이야기할 수 있는 영리하고 귀여운 아이였잖니. 그런데 갑자기 마치 악마가 너의 마음속에 들어간 것처럼 그렇게 행동하다니. 남작에게 기분 나쁜 게 뭐니? 너는 그를 좋아했잖니. 그도 너에게 항상 친절했잖아.”

“그래요, 그가 엄마와 친해지려고 했기 때문이에요.”

그녀는 불편해졌다. “바보 같으니! 너는 무슨 생각을 그렇게 하니. 어떻게 그런 생각을 하지?”

그러나 아이는 버럭 화를 냈다.

“그는 거짓말쟁이예요. 나쁜 인간이에요. 그가 한 행동은 타산적이고 저질스러워요. 그는 엄마와 친해지려 했어요. 그래서 나에게 친절한 척했고, 또 개를 주기로 약속했던 거예요. 나는 그가 엄마에게 무엇을 약속했는지 그리고 왜 엄마에게 친절했는지 모르지만, 그는 엄마에게서 무엇인가를 바라고 있어요. 엄마, 아주 확실해요. 그렇지 않다면 그렇게 예의 바르고 친절하지 않을 거예요. 그는 나쁜 인간이에요. 거짓말을 하고 있다고요. 그가 항상 거짓되게 쳐다보는 것을, 그를 다시 한번만 보세요. 오, 나는 그를 미워해요, 그 비열한 거짓말쟁이를. 그 악당을….”

“에드거, 어떻게 사람에게 그런 말을 할 수 있니.”

그녀는 당황해서 어떻게 대답해야 할지 몰랐다. 이제는 아이가 옳다고 시인해야 하는 것이 아닌가 하는 마음이 들었다.

“그래요, 그는 악당이에요. 저는 스스로를 변명하고 싶지는 않아요. 엄마도 알아야 해요. 왜 그가 나에 대해 불안해하는지, 왜 그가 나에게서 숨으려 하는지를. 내가 그를 꿰뚫어 보는 것을 그는 알기 때문이죠. 악당 같으니!”

“어떻게 그런 말을 할 수가 있니, 어떻게 그런 말을.” 그녀의 머릿속은 완전히 하얗게 되었고, 핏기

없는 입술은 단지 두 문장만을 계속 더듬고 있었다. 그녀는 아주 두려운 불안감을 느끼게 되었으나, 그것이 남작 때문인지 아이 때문인지 스스로도 알 수가 없었다.

에드거는 자신의 경고가 그녀에게 심경의 변화를 일으켰다는 것을 알게 되었다. 나아가 그녀를 자신에게로 끌어와 남작에 대한 미움과 적대심을 갖는 동지로 만들 욕심이 들었다. 그는 엄마에게 다가가 부드럽게 포옹했다. 그는 흥분 때문에 아첨하는 듯한 목소리가 되었다.

"엄마." 그는 말했다. "엄마도 그가 원하는 것이 옳은 일이 아니라는 것을 알아야 해요. 그는 엄마를 다른 사람으로 만들었어요. 변한 것은 엄마지 내가 아니에요. 그는 엄마가 나를 싫어하도록 선동하고, 엄마와만 함께하려 하고 있어요. 그는 분명히 엄마를 속이려고 해요. 그가 엄마에게 무엇을 약속했는지는 몰라도, 그가 그 약속을 지키지 않으리라는 것을 나는 알아요. 엄마는 그를 조심해야 해요. 한 사람을 속이는 사람은 다른 사람도 속이는 법이니까요. 그는 믿을 수 없는 나쁜 사람이에요."

아이의 목소리는 약해졌고 거의 울음소리와 뒤섞여 흐느끼고 있었다. 마치 그녀의 가슴속을 헤집고 들어갔다 나오는 것 같았다. 사실 그녀의 마음속에도 어제부터 불편함이 싹트고 있었다. 그리고 그녀에게 똑같은 것을 말하고 있었다. 절실하게, 더욱더 절실하게.

그녀는 자신이 아이에게 과연 올바른 행동을 했나 생각해 보곤 부끄러워졌다. 그러나 압도적인 감정으로 혼란스러워하는 많은 이들이 그렇듯이 거친 말투로 모면하려 했다. 그녀는 몸을 꼿꼿하게 세웠다.

"아이들은 그런 것을 이해 못 해. 너는 그런 일에 끼어들면 안 돼. 너는 공손하게 행동해야 된다. 그것이 다야."

에드거의 얼굴은 다시 차갑게 얼어붙었다. "그렇게 말한다면," 그는 단호하게 말했다. "나는 엄마에게 경고했어요."

"그러면 너는 사과하지 않겠다는 거냐?"

"안 해요."

그들은 서로 냉정한 표정으로 마주 보았다. 그녀는 그것이 권위의 문제라고 느꼈다.

"너는 이곳 위에서 식사를 해라, 혼자서. 그리고 사과를 하기 전에는 아래층 식탁에 와서는 안 된다. 나는 너에게 예의범절을 가르치려는 것이다. 내가 허락하기 전까지는 방에서 나와서는 안 돼. 알아들었니?"

에드거는 웃었다. 이 악의에 찬 웃음은 그의 입에서 자라나는 것 같았다. 마음속에서는 자신에 대해 화가 났다. 자기 마음을 털어놓고 이 거짓말쟁이들에게 경고하려 한 것이 얼마나 바보 같은 일이었는지 깨달았기 때문이었다.

엄마는 아이를 외면한 채 혼자서 마구 떠들어 댔다. 그녀는 그의 날카로운 시선이 두려웠다. 그의 눈이 민감해지고, 그녀가 알지 못하고 듣고 싶지도 않은 것을 그가 말하게 된 이후, 아이는 그녀에게 불편한 존재가 되어 있었다. 그녀 내면의 목소리, 즉 양심이 자신에게서 풀려나와 아이의 옷을 입고, 아이가 되어 경고하고 조롱하는 것을 보고 그녀는 두려워졌다. 이제까지 아이는 그녀의 삶 다음에 존재하는 것이었다. 하나의 장식, 장난감, 사랑, 믿음 그리고 때로는 하나의 짐이었으며, 그녀의 삶이라는 박자를 타고 움직이는 그 무엇이었다. 그것은 오늘 처음으로 벌떡 일어나 그녀의 의지에 반항하는 것이었다. 미움 같은 그 무엇이 이제 그녀의 아이에 대한 기억 속에 뒤섞이고 있었다.

그럼에도 불구하고, 그녀가 약간의 피곤함을 느끼며 계단을 내려가는 순간, 아이의 목소리가 그녀의 가슴속에서 울리고 있었다. "엄마는 그를 조심해야 돼요." — 그 경고는 끊기지 않고 계속해서 울렸다. 지나쳐 가는 맞은편에 마침 거울이 걸려 있었다. 그녀는 질문을 하는 듯이 그 안을 들여다보았다. 깊게, 더욱 깊게. 마침내 입술이 그곳에서 웃고 있는 것이 보였고, 위험한 말을 할 때처럼 둥근 모양을 하고 있었다. 양심의 목소리는 내면에서 더욱더 명확하게 울려 퍼졌다. 그러나 그녀는 어깨를 으쓱해 보았다. 마치 모든 보이지 않는 생각을 스스로에게서 떨쳐 버리는 듯이. 그리고 거울을 쳐다보고서는 옷자락을 들었다. 이윽고 마지막 돈을 탁자 위에 던지는 도박꾼처럼 결정적 제스처를 취한 뒤 밑으로 내려갔다.

달빛 속의 흔적들

방에 감금되어 있는 에드거에게 심부름꾼이 식사를 가져다주고는 방문을 잠갔다. 그리고 자물쇠를 채웠다. 아이는 다시 분노하며 화를 냈다. 이것은 엄마의 부탁으로 공공연히 이루어진 것이었다. 마치 그를 질이 나쁜 짐승처럼 감금한 것이다. 그의 마음 속에서 고민이 조금씩 일어났다.

'내가 감금되어 있는 동안 아래에서 무슨 일이 벌어지고 있을까? 두 사람은 무슨 이야기를 할까? 마침내 비밀스러운 일이 벌어지고 있는데 그것을 놓쳐 버리다니. 내가 어른들 사이에 있을 때면 그들은 나지막하게 속삭이며 항상 밤이면 문을 잠갔다. 항상 도처에서 느껴지는 비밀, 이 대단한 비밀에 나는 며칠 전부터 가까이 접근해 있다. 바로 손 앞에 있지만 항상 잡지 못했던 바로 그 비밀! 예전에는 그것을 알아내려 노력한 적이 없었지. 다만 나는 그때 아빠의 책장에서 책을 훔쳐 읽었었어. 모든 이상한 일이 적혀 있었지만 나는 이해할 수 없었어. 그것을 알아내기 위해서는 제거해야 할 어떤 봉인이 그 안에 있을 거야. 아마 그것은 나에게나, 다른 이들의 내면에 존재하는 것이겠지. 나는 하녀에게 물어보았지. 책에서 이 부분을 설명해 달라고 부탁했어. 그러나 그녀는 나를 비웃었어. 어린아이로 산다는 것은 끔찍한 일이야. 호기심이 가득하지만, 그러나 아무에게도 물어보아서는 안 되고 항상 어른들 앞에서 웃음거리가 되곤 하지. 마치 바보나 아무 소용없는 사람인 것처럼 느껴져. 그러나 나는 알게 될 거야. 나는 곧 알게 되리라 느끼고 있어. 어느 부분은 내 손 안에 있

어. 그리고 내가 더 잘 알게 되기 전까지는 중단하지 않을 거야.'

그는 누가 오나 하고 귀를 기울였다. 가벼운 바람이 집 밖의 나무 사이에서 불고 있었고, 달빛이 나뭇가지 사이에서 수많은 조각으로 갈라져 보였다.

'두 사람이 계획한 일은 좋은 일은 아닐 거야. 그렇지 않다면 그들이 나를 멀리 보내려고 그렇게까지 비열한 거짓말을 하지는 않았을 거야. 분명해, 그들은 지금 나를 조롱하고 있을 거야. 저주받을 사람들 같으니. 그들은 나에게서 마침내 벗어났지. 그러나 마지막에는 내가 웃을 거야. 그런데 여기 감금당하고, 그들에게 달라붙지도 못하고, 그들의 행동을 감시하기는커녕 그들에게 얼마 동안의 자유를 허용하다니, 바보 같은 일이지. 나는 알아, 어른들이 항상 부주의하다는 것을. 그들은 스스로 비밀을 털어놓지. 또 우리가 아주 어리고 밤에는 항상 잠만 잔다고 생각하지. 그러나 아이들은 자다가 일어날 수도 있고, 누군가가 바보처럼 처신하는지 현명한지 엿

볼 수도 있지. 어렸을 때 어떤 아주머니가 아이를 임신했는데, 그 소식을 들은 사람들은 마치 놀란 것처럼 내 앞에서 경탄하며 서 있었지. 그러나 나는 이미 알고 있었어. 내가 자고 있다고 그들이 생각했던, 몇 주일 전 밤에 누군가 말하는 이야기를 들었으니까. 이번에는 내가 그들을 놀라게 할 거야. 그 비열한 사람들을. 오, 내가 지금 문틈으로 엿들을 수만 있다면, 그들이 안전하다고 착각하는 동안에 그들을 비밀스럽게 관찰할 수 있을 텐데. 운이 좋으면 내가 벨을 울리지 않았는데 하녀가 올 수도 있고, 혹은 소란을 떨거나 그릇을 깨서 하녀를 부를 수도 있지. 그러면 문을 열어 줄 거야. 그 순간에 빠져나가 그들을 엿볼 수도 있겠지만, 아니야, 나는 그건 원하지 않아. 그들이 얼마나 비열하게 나를 다루었는지 아무도 보아서는 안 돼. 어쨌든 나는 이런 일이 자랑스러워. 내일 나는 그들에게 복수를 할 거야.'

아래쪽에서 여자들의 웃음소리가 들렸다. 에드거는 깜짝 놀랐다. 그 소리 중 하나는 엄마의 것일 수도 있었다. 엄마는 그를, 작고 힘없는 그를 조롱하며 열쇠로 그를 가두어 놓고 웃을 만한 이유를 찾은 것이다. 그가 부담스러울 때면, 그를 마치 젖은 옷들을 뭉쳐 놓은 것처럼 모퉁이에 던져 놓는 식이었다. 그는 조심스럽게 창문 밖으로 몸을 구부렸다. 아니었다. 엄마가 아니고 한 남자아이를 놀리는 잘 모르는 거만한 어떤 여자아이였다.

이 순간, 창문이 땅 위로 그리 높지 않다는 것을 그는 알게 되었다. 그리고 그것을 알아차리자마자 뛰어내릴까 하는 생각이 떠올랐다. 그들이 안전하다고 망상하는 지금, 그들의 말을 엿들을 수 있도록. 그는 이렇게 결정을 내리며 스스로 즐거움에 후끈 달아올랐다. 마치 어린 시절의 크고 빛나는 비밀을 손에 쥔 것 같은 생각이 들었다. '나가자, 나가.' 그 소리는 마음에서 떨리고 있었다. 위험은 그리 크지 않았다. 지나가는 사람은 없었고, 그리고 그는 이미 뛰어내렸다. 무릎에서 삐거덕 하고 소리가 났다. 그러나 아무도 듣지 못했다.

그 뒤 이틀 동안 살그머니 다가가거나, 숨어서 기다리는 것이 생의 즐거움이 되어 버렸다. 그리고 발자국 소리를 낮춘 채 호텔 주위를 조용히 숨어 다니고, 환하게 비추는 빛을 피하는 것이 불안의 나지막한 전율과 동시에 쾌락을 느끼게 했다. 그는 우선 뺨을 창문에 조심스럽게 갖다 대고는 식당 안을 들여다보았다. 그들이 앉아 있던 자리는 비어 있었다. 그는 다시 창문마다 계속 염탐했다. 호텔 안은 두려워서 감히 들어갈 수가 없었다. 뜻밖에 그들이 간 길을 따라갈 수 있었다면 좋았겠지만, 어디에서도 그들을 찾을 수 없었다. 그는 포기하려 했다. 그때, 문에서 두 개의 그림자를 보았다. ―그는 움찔하고 뒤로 물러서며 어둠 속으로 몸을 숨겼다.― 엄마가 그 피할 수 없는 동반자와 걸어 나오고 있었다. 그는 제때에 온 것이었다. 그들은 무슨 이야기를 하나? 그는 알아들을 수 없었다. 그들은 조용히 이야기를 나누고 있었다. 그리고 바람이 나무 사이로 불안하게 술렁이고 있었다. 이제 뚜렷한 웃음소리가 들려왔다. 엄마의 목소리였다. 그 소리는 그녀가 냈다기에는 너무도 생소한 것이었다. 그를 낯설게 하고 놀라게 만드는, 독특하고 자극적이며 신경질이 나도록 하는 그런 웃음소리였다. 그녀는 웃고 있었다. 그것은 숨겨야 할 정도의 위험한 것도, 대단한 것도, 어떤 강력한 것도 아닐 수 있었다. 에드거는 약간 실망하게 되었다.

그런데 저들은 왜 호텔을 떠나려 할까? 밤중에 두 사람만이 어디로 가려 하나? 분명 공중에는 바람이 거대한 날개처럼 휘날리고 있을 텐데. 아주 맑고 환한 달빛이 비추고 있었던 하늘은 이제 어두워졌다. 보이지 않는 손이 펼쳐 놓은 검은 천 같은 구름이 자주 달을 감싸고 있었다. 밤은 칠흑같이 어두워져 사람들은 거의 길을 찾을 수가 없었다. 다시 달이 구름에서 빠져나와야 밝게 빛을 비출 것이다. 은빛 달은 차가운 기운을 펼치며 풍경 위를 흘러가고 있었다. 빛과 그늘 사이에서 벌어지는 이 유희는 마치 여자들이 숨바꼭질 중에 나타났다가 숨는 것처럼 비밀스럽고 자극적이었다. 바로 이 순간, 베일을 벗는 풍경은 그 빛나는 몸에서 옷을 벗는 듯했다. 에드거는 가파르고 높은 길 위를 지나가고 있는 그림자'들'을 보았다. 아니, 하나라고 하는 것이 옳을 것이다. 왜냐하면 그들은 마치 마음속의 불안을 몰아내려는 것처럼 서로 꼭 붙어 걸어가고 있었기 때문이었다. 그런데 그들 두 사람은 지금 어디로 가는 것일까? 소나무들은 바람결에 신음하는 소리를 내고 있었다. 그것은 마치 격렬한 사냥과 마찬가지로 숲속에서 일어나는 비밀스러운 사업이었다. '나는 그들을 쫓아가겠어.' 에드거는 생각했다. '그들은 바람 소리 나는 숲속에서는 내 발자국 소리를 듣지 못할 거야.' 그는 뛰어갔다. 반면 그들은 아래쪽의 넓고 환한 거리를 걸어가고 있었다. 위쪽, 나무들이 있는 덤불 속에는 조용히 그들의 그림자만이 드리워졌다. 그는 그들을 집요하고 가차 없이 뒤쫓아 가고 있었다. 그리고 바람이 그의 발자국 소리를 듣지 못하게 할 때에는 감사를 드리면서도, 그들의 말을 들을 수 없게 만들 때에는 저주했다. 그가 그들의 대화를 들을 수만 있었다면 그들의 비밀을 알아낼 수 있었을 것이다.

아래쪽에서 두 사람은 아무것도 알지 못한 채 가고 있었다. 그 두 사람만이 이 혼란스러운 밤에 행복했고, 커져 가는 흥분 속에서 자제력을 잃고 있었다. 수많은 가지처럼 사방으로 펼쳐진 어둠 속에서 그들의 발걸음을 뒤쫓는 누군가가 있으며, 증오와 호기심으로 가득 찬 두 눈동자가 그들을 붙잡으려 한다는 그 어떤 예감도 하지 못하고 있었다. 갑자기 그들은 멈추어 섰다. 에드거도 즉시 서서 나무에 바싹 몸을 붙였다. 갑자기 폭풍우 같은 불안이 그를 엄습해 왔다. '저들이 이제 돌아가 나보다 앞서 호텔에 도착한다면, 그리하여 엄마가 나의 방이 비어 있다는 사실을 알게 된다면 나 자신을 보호할 수 없을 텐데, 그러면 어떻게 하나?' 그러면 모든 것을 잃게 되는 것이다. 아이가 그들을 비밀스럽게 염탐했음을 그들은 알게 될 것이고, 그렇게 되면 그는 다시는 그들의 비밀을 캐내기를 기대할 수 없을 것이다.

그러나 두 사람은 머뭇거렸다. 아마도 의견의 차이가 있는 모양이었다. 다행히도 달빛이 비추고 있어서 그는 모든 것을 똑똑히 볼 수 있었다. 남작은 계곡 아래로 뻗어 있는 어둡고 좁은 샛길을 가리키고 있었다. 그곳은 달빛이 이곳 거리처럼 넓게 비추지 않고, 방울 같은 작은 달빛만이 덤불 속을 비추고 있었다. '왜 그는 저 아래로 내려가려 하지?' 에드거는 어깨를 으쓱했다. 엄마는 아니라고 말하는 것 같았다. 그러나 남작은 그녀에게 뭐라고 이야기하고 있었다. 에드거는 그의 힘찬 동작을 알아볼 수 있었다. 얼마나 추근대고 있는지, 불안이 아이를 덮쳤다. '이 인간은 도대체 엄마에게서 무엇을 원하는가? 이 악당은 왜 그녀를 어둠 속으로 이끌어 가려 하는가?' 지금까지 에드거가 경험했던 세계는 책 속의 것이 전부였다. 바로 그 책들 속에 적혀 있었던 살해와 유괴 그리고 어두운 사건에 대한 생생한 기억이 갑자기 상기되었다. 분명히 그는 엄마를 살해하려는 것이리라. 그것을 위하여 그를 떼어 버리고 그녀를 한 적한 곳으로 유인하려는 것이다. '도움을 요청해야 하나? 살인자!' 외침 소리가 목구멍까지 올라오고 있었지만, 입술이 말라 어떤 목소리도 나오지 않았다. 그의 신경은 흥분으로 긴장하여, 거의 똑바로 서 있을 수가 없었다. 불안이 그 무엇인가를 붙잡게 했다. — 그때 그의 손안에서 나뭇가지가 부러졌다.

두 사람은 깜짝 놀라 몸을 돌렸고, 어둠 속을 응시했다. 에드거는 팔을 꼭 잡고 나무에 기대어, 작은 몸을 그늘진 어둠 속에 숙이고선 아무 말 없이 서 있었다. 정적이 흘렀다. 그러나 그들은 놀란 것 같았다.

"돌아가지요."

에드거는 엄마가 말하는 소리를 들었다. 그녀의 목소리에서 두려움을 느낄 수 있었다. 남작도 불안한 나머지 돌아가자는 말에 동의하고 있었다. 두 사람은 서서히 걸어가면서 서로 몸을 밀착시켰다. 그들이 경악했다는 사실이 에드거의 즐거움이었다. 그는 숲속을 네 발로 기어갔다. 손이 찢어져 피를 흘리고 있었다. 숲을 벗어나자마자 거의 숨이 막

힐 정도로 빠른 속도로 달려갔다. 마침내 호텔에 도달한 그는 그곳에서도 다시 좀 더 달려 방 앞에 도착했다. 그를 감금했던 열쇠는 밖에서 꽂혀 있었다. 그는 열쇠를 돌려 방 안으로 뛰어 들어가 침대에 누웠다. 가슴이 몇 분 동안이나 뛰었다. 그의 마음은 마치 벽시계의 추처럼 거칠게 진동하고 있었다.

그러고는 다시 일어서서, 창가에 기대어 그들이 올 때까지 기다렸다. 오랜 시간이 흘렀다. 그들은 아주 천천히 다니는 것 같았다. 그는 조심스럽게 창가 그늘에서 염탐하고 있었다. 이제 서서히 그들이 다가오고 있었다. 옷에는 달빛이 비추고 있었다. 그들은 초록 달빛 속에서 귀신처럼 보였다. 남작은 정말 살인자가 아닐까, 혹은 어떤 끔찍한 사건이 일어날 뻔했지만 그가 그 자리에 있었기 때문에 방해를 받은 것이 아닐까 하는 섬뜩한 전율이 그를 덮쳤다. 그는 분명히 하얗게 변한 얼굴들을 들여다보았다. 엄마의 얼굴에는 그가 이제까지 보지 못했던 경악스러운 표정이 자리 잡고 있었다. 반면에 남작은 그의 의도가 어긋났기 때문인지 냉정하고 흥미를 잃은 표정이었다.

그들은 아주 가까이에 서 있었다. 호텔 바로 앞에 서야 그들은 서로 떨어졌다. 그들은 위를 쳐다보았나? 아니다, 아무도 올려다보지 않았다. '그들은 나를 잊어버렸어.' 아이는 격렬하게 분노했지만, 동시에 비밀스러운 승리감을 느끼면서 생각했다. '그러나 나는 당신들을 잊지 않았어. 당신들은 내가 자거나 세상에 존재하지 않는 것처럼 생각했겠지. 그러나 당신들은 자신들이 잘못 생각하고 있음을 알게 될 거야. 내가 악당같은 당신들에게서 비밀을, 나를 잠들지 못하게 하는 그 끔찍한 비밀을 알아낼 때까지 모든 행동을 감시할 거야. 나는 당신들의 동맹을 부서뜨리겠어. 나는 자지 않을 거야.'

서서히 두 사람은 문 쪽으로 걸어가고 있었다. 그들이 한 사람씩 차례로 들어가면서, 잠시 동안 그림자가 서로 뒤엉켰다. 그림자는 이윽고 하나의 검은

줄처럼 밝은 문 위에서 사라지고 있었다. 그리고 달빛 속에서 그 자리는 마치 눈이 덮인 넓은 초원처럼 반짝이고 있었다.

습 격

에드거는 숨을 내쉬며 창문 쪽에서 되돌아왔다. 그는 전율로 온 몸을 떨었다. 아이는 자신의 일생 중에 그런 비밀스러운 일에 가까이 접근해 본 적이 없었다. 그가 읽은 책들 속에 나오는 흥분되고 긴장되는 모험의 세계, 살해와 기만의 세계가 뇌리 속에 항상 존재하고 있었다. 그러나 그것은 동화의 세계였고, 꿈과 비실제적이고 도달할 수 없는 세계 뒤편에 자리 잡고 있을 따름이었다. 이제 갑자기 그 두려운 세계 한가운데 빠져 들어간 것이다. 그의 온 존재가 바라지 않았던 만남으로 뜨겁게 뒤흔들렸다. 돌연 그녀의 고요한 삶 속에 빠져들어 온 이 비밀스러운 인간은 누구인가? 통제에서 벗어난 인간을 찾고, 어두운 곳으로 엄마를 끌어내려 하는 이 사람은 정말 살인자인가? 무서운 일이 닥친 것 같았다. 그는 무엇을 해야 할지 알 수 없었다. 그는 아침에는 확신하여, 아버지에게 편지를 쓰거나 전보를 치려고 했다. 그러나 지금까지도 역시 그럴 수 없었다. '오늘 저녁에는? 지금 엄마는 방에 없다. 엄마는 아직도 그 증오스럽고 낯선 인간과 함께 있다.'

안쪽과 바깥쪽 사이에 가볍게 여닫히는 문 사이로 좁은 공간이 있었다. 이 공간은 장롱의 안쪽 면보다도 좁았다. 에드거는 복도를 다니는 그들의 발자국 소리를 염탐하기 위해 그 손바닥 넓이의 어두움 속으로 파고들어 갔다. 한순간도 그 둘만 놔두지 않기로 결정했기 때문이었다. 한밤중에 그 복도는 텅 비어 있었다. 단지 불 하나만 켜져 있어 흐릿했다.

마침내 —시간의 흐름이 끔찍하도록 길게 느껴졌

다― 그는 조심스럽게 올라오는 발자국 소리를 들었다. 그는 긴장하여 귀 기울였다. 그 소리는 방으로 가려는 빠른 걸음걸이가 아닌, 질질 끌고 가는 듯 머뭇거리며, 마치 끝없이 힘들고 가파른 길을 올라가는 듯한 대단히 느린 발걸음이었다. 그 사이 속삭임 소리가 들리다가 멈추었다. 에드거는 흥분해 몸을 떨었다. '마침내 그들 두 사람이구나, 그는 아직도 엄마와 함께 있구나.' 속삭임 소리는 너무 작게 들려왔다. 발자국 소리는 대단히 머뭇거리면서도 점점 더 가까워졌다. 그는 갑자기 남작이 나지막하면서도 쉰 소리로 무엇인가를 말하는 소리를 들었다. 그 내용은 알아들을 수가 없었다. 그리고 그의 엄마가 급히 방어하는 소리가 들렸다.

"아니에요, 오늘은 안 돼요! 안 돼요."

에드거는 떨었다. 그들은 가까이 다가왔다. 그는 모든 소리를 들어야 했다. 그에게로 향하는 모든 발자국 소리는 그렇게 조용한데도 그의 가슴에 고통을 주었다. 그리고 이 목소리는 얼마나 불쾌한지, 이 저주반을 인간의 열망하는 듯한 역겨운 목소리는!

"두려워 마세요. 당신은 오늘 저녁 너무도 아름답습니다."

엄마는 다시 말하고 있었다. "안 돼요, 나는 안 돼요, 나는 할 수 없어요. 나를 놓아주세요."

엄마의 목소리에는 두려움이 담겨 있었다. 그것이 아이를 놀라게 했다. '그는 무엇을 그녀에게서 원하는 것일까? 왜 엄마는 두려워할까?' 그들은 더 가까이 다가왔고, 이제 바로 방문 앞에 섰다. 그들 바로 뒤에 아이가 떨면서 보이지 않게 서 있었다. 손 하나 정도의 거리에서 단지 얇은 천 하나로 가려져 있었다. 목소리는 이제 숨소리가 들릴 정도로 가까웠다.

"자, 마틸데, 자!"

그는 다시 엄마가 신음하는 소리를 들었다. 지금은 보다 약하고, 약간은 소리를 억누르는 것처럼 들렸다.

'이게 뭐야?' 그들은 어둠 속으로 계속 걸어가고 있었다. 엄마는 그녀의 방을 지나가 버렸다. '엄마를 어디로 끌고 가나? 왜 엄마는 더 이상 말을 하지 않지? 엄마의 입에 재갈을 물렸나? 목을 졸랐나?' 이러한 생각이 그를 격하게 만들었다. 떨리는 손으로 그는 문을 약간 열었다. 에드거는 어두워져 가는 복도에서 두 사람을 보았다. 남작은 팔로 엄마의 허리를 감싸고, 이미 포기한 것 같은 그녀를 조용히 계속 이끌어 가고 있었다. 이제 그는 자기의 방 앞에 멈추어 섰다. '남작이 엄마를 끌고 가려는 거야.' 아이는 놀랐다. '이제 무서운 짓을 할 거야.'

한 번의 큰 충격이 있었다. 아이는 문을 꽝 닫고 밖의 두 사람에게 달려들었다. 그의 엄마는 어둠 속에서 갑자기 무엇인가가 그들에게 달려들자 소리를 질렀다. 아마도 기절하여 남작이 가까스로 받치고 있는 것 같았다. 남작은 곧 이 순간 작고도 약한 주먹이 자신의 얼굴을 내리치고 있는 것을 느꼈다. 주먹으로는 입술이 치아에 심하게 부딪치도록 내리쳤고, 손톱으로는 그의 몸을 고양이처럼 할퀴고 있었다. 남작이 놀란 여자를 내려놓자, 그녀는 재빨리 도망쳤다. 남작은 자신이 누구와 맞서는지도 알지 못하고 주먹으로 무조건 내리쳤다.

아이는 자신이 약자라는 것을 알고 있었지만 포기하지 않았다. 마침내, 마침내 그 순간이 온 것이다. 배반당한 사랑으로 인한 누적된 미움, 바로 그 미움에서 벗어나는, 오랫동안 원했던 순간이. 그는 작은 주먹으로 막무가내로 두들겨 댔다. 뜨겁게 달아올라 감각이 없는 입술을 꽉 깨물고. 남작은 그제야 아이를 알아보았다. 그도 역시 요 며칠 동안 그를 짜증나게 하고 사랑의 유희마저 망쳐 놓은 비밀스러운 스파이에 대한 미움으로 가득 차 있었다. 그도 세차게 주먹을 되받았다. 그의 주먹이 아이에게 일격을 가했다. 에드거는 신음했다. 그러나 중단하지도, 도움을 요청하지도 않았다. 그들은 1분 정도 아무 말 없이 이를 악물고 한밤중의 결투를 벌였다. 점차 남작은 어린아이와의 싸움이 우스꽝스럽다는 것을 의식하기 시작했다. 그는 아이를 밀쳐 내기 위해 아이를 꽉 잡았다. 그러나 힘이 약해지는 것을 느끼고, 다음 순간 그 아이가 승자가 되고 두들겨 패는 자가 될 것임을 깨달았다. 아이는 자신의 목덜미를 잡으려 하는 강하고 단단한 손을 분노하며 덥석 물었다. 물린 자는 무의식적으로 둔탁한 신음 소리를 내며 아이를 놔주었다. ― 아이는 이 순간을 이용해 방으로 도망을 가 빗장을 채웠다.

한밤중의 결투는 1분가량이었다. 주위에는 아무도 듣는 사람이 없었다. 모든 것이 고요했고 잠에 취한 것 같았다. 남작은 피 묻은 손을 손수건으로 닦았다. 그리고 불안해하며 어둠 속을 살펴보았다. 아무도 보는 사람이 없었다. 단지 ―마치 조롱하는 듯― 마지막 불안한 불빛만이 흩날리고 있을 뿐이었다.

뇌 우

'그것은 꿈이었지, 아주 나쁘고 위험한 꿈?' 에드거는 그 다음날 아침에 머리가 뒤엉킨 채 깨어나서는 혼란스럽고 불안해하며 스스로에게 묻고 있었다. 머리는 윙윙 울리고 고통스러웠다. 관절은 마비되어 통나무처럼 뻣뻣했다. 문득 자신의 모습을 내려다보고는 아직도 옷을 벗지 않고 있었다는 사실에 놀랐다. 그는 벌떡 일어나 비틀거리며 거울 쪽으로 다가갔다. 이마의 핏빛으로 멍든 자국과 부어오른 창백하고 일그러진 얼굴을 보고 깜짝 놀라고 말았다. 그는 불안한 마음으로, 가까스로 생각을 가다듬어 모든 것을 기억해 냈다. 한밤중 복도에서의 결투, 방으로 되돌아온 일, 그리고 오한으로 몸을 떨며 옷을 입은 채 도망치듯 침대로 몸을 던진 일들을. 그러고 나서 그는 잠이 든 것이 분명했다. 무엇으로 덮인 것 같은 잠 속으로 무감각하게 빠져 들어갔던 것이었다. 꿈속에서는 이 모든 것이 반복되었다. 단지 다른 사실, 더욱 두려웠던 사실은 흐르는 피의 축축한 냄새가 생생히 났던 점이었다.

밖에서는 자갈 위를 걷는 발자국 소리가 자그락거렸다. 행인들의 목소리는 마치 보이지 않는 새들의 지저귐처럼 높게 울려 퍼지고, 태양은 방안으로 내리비추고 있었다. 이미 늦은 아침이 된 것 같았다. 그러나 그가 쳐다본 시계는 놀랍게도 자정을 가리키고 있었다. 어제 그는 흥분하여 태엽을 감는다는 것도 잊어버렸던 것이다. 고정되어 있지 않은 시간의 불확실성이 그를 불안하게 했다. 그리고 도대체 무슨 일이 일어났었는지를 알지 못한다는 느낌 때문에 불안감은 더욱더 커졌다. 그는 재빨리 정돈을 하고 아래로 내려갔다. 불안과 어떤 죄의식을 마음속에 품고.

엄마는 식탁에 앉아 혼자서 아침 식사를 하고 있었다. 그의 적이 그곳에 없으며, 어제 분노하며 주먹으로 때렸던 그 증오스러운 얼굴을 보지 않아도 된다는 생각에 에드거는 안도의 숨을 내쉬었다. 그러나 식탁에 다가가면서 불안한 느낌을 받게 되었다.

"안녕." 그는 인사했다.

엄마는 대답하지 않았다. 그녀는 한 번도 그를 쳐다보지 않고 이상할 정도로 눈빛을 고정한 채 멀리 풍경만을 바라보고 있었다. 그녀는 대단히 창백해 보였다. 눈은 움푹 들어가고, 한쪽 콧등에는 신경질적인 경련이 있어, 그녀가 흥분하고 있다는 것을 말해 주었다. 에드거는 입술을 깨물었다. 이 침묵이 그를 혼란스럽게 했다. 그가 남작을 많이 다치게 했는지, 아니면 그녀가 전날 밤의 결투에 대해 알고 있는지 짐작할 수가 없었다. 이 불확실성이 그에게 고통을 주었다. 그녀의 얼굴은 경직되어 있어 쳐다볼 용기조차 나지 않았다. 눈을 내리 깔고 있는 엄마가 갑자기 눈을 치켜떠 그를 바라볼까 두려웠다. 그는 몹시 조용해져서는, 적막을 깰 엄두도 내지 못했다. 그는 아주 조심스럽게 찻잔을 들었다가 다시 되돌려 놓았다. 그리고 훔쳐보듯 엄마의 손가락을 쳐다보았다. 그녀는 신경질적으로 음식을 떠먹고 있었으며, 삐뚤어진 행동을 보여 줌으로써 자신의 은밀한 분노를 표출하고 있었다. 15분 정도 그 아이는 무엇인가를 기대하는 불확실한 마음으로 앉아 있었다. 그러나 아무런 징후도 나타나지 않았다. 어떤 말도, 어떤 것도 그를 구원해 주지 않았다. 그리고 엄마가 일어서면서 자신을 쳐다보지도 않았을 때에는, 자신이 무엇을 해야 할지조차 알 수 없었다. 그는 식탁에 혼자 앉아 있거나 혹은 그녀를 뒤쫓아 가야 했다. 마침내 그는 일어나 그녀의 뒤를 따라갔다. 그녀는 고의적으로 그를 쳐다보지도 않고 있었는데, 아이 역시 자신이 뒤쫓아 가는 것이 얼마나 우스꽝스러운 일인지를 동시에 느끼고 있었다. 그는 엄마를 따라가기 위해 더 작은 보폭으로 걸어가야만 했다. 그녀는 뒤도 돌아보지 않고 방으로 들어갔다. 그가 마침내 다가섰으나, 방문은 굳게 닫혀 있을 뿐이었다.

무슨 일이 일어났는가? 에드거는 더 이상 아무것도 알 수 없었다. 어제 무슨 일이 일어났는지 도무지 알 수가 없었다. 그가 어제 행했던 습격이 결국 부당했단 말인가? 그렇다면 그들은 벌을 준비하는가, 혹은 새롭게 자신을 멸시하려 하는가? 무엇인가가 일어나야만 했다. 그는 그것을 느꼈다. 어떤 두려운 일이 곧 일어나야 할 것이다. 그들 사이에 다가올 뇌우로 인한 숨막히는 불안감이 있었다. 번갯불이 일어나야 해결될 두 개의 상반된 극의 전자적 긴장이. 이 예감 때문에 지게 된 부담감으로 그는 4시간 동안이나 고독하게 이리저리 돌아다녔다. 이 방에서 저 방으로. 마침내 가냘픈 어린아이의 목덜미가 보이지 않는 무게로 구부러졌다. 그리고 정오에는 완전히 굴복하여 식탁에 다가갔다.

"안녕." 그는 다시 말을 걸었다. 이 침묵의 벽을 깨야만 했던 것이다. 머리 위에 검은 구름을 드리우고 있는, 이 끔찍하게 위협적인 침묵을.

엄마는 역시 대답하지 않았으나, 그를 힐끗 쳐다보았다. 에드거는 놀라 생각에 잠긴 채, 뒤엉킨 분노와 마주하고 있음을 느꼈다. 그가 자신의 생에서 이제까지 한 번도 느끼지 못했던 감정이었다. 이제까지 그들의 싸움이라는 것들은, 감정보다는 신경질로 인한 분노의 작은 폭발일 뿐이었다. 금방 위로의 웃음으로 변할 수 있는 것들이었다. 그러나 이번에는, 그녀의 존재 가장 밑바닥에서 나오는 격렬한 감정이 끓어오르는 것이 느껴졌다. 이 보이지 않는 힘을 두려워할 수밖에 없었다.

그는 거의 먹을 수가 없었다. 목구멍에서 그를 거의 질식시킬 것 같은 어떤 메마른 것이 솟구쳐 올랐다. 그런데 그의 엄마는 아무것도 아는 것이 없다는 듯 행동하고 있었다. 그녀는 일어서면서 그저 우연히 일어난 일처럼 몸을 돌려 말했다.

"올라와라, 에드거, 너에게 할 말이 있다."

그 목소리는 위협적이지는 않았으나, 얼음처럼 차가웠다. 에드거는 마치 사람들이 그의 목에 쇠사슬을 갖다 대는 것처럼 이 말들이 두렵게 느껴졌다. 그의 반항은 철저히 유린되었다. 아무 말 없이, 마치 두들겨 맞은 개처럼 아이는 엄마 방으로 따라 올라갔다.

그녀는 몇 분 동안 침묵하면서 아이의 고통을 연장시켰다. 이 몇 분 동안 아이는 시계가 똑딱거리는 소리, 밖에서 한 아이가 웃는 소리 그리고 심장이 방망이질하는 소리를 들었다. 한편 그녀는 어떤 불확실한 마음이 드는 것처럼 보였다. 그녀가 말을 할 때면, 그를 바라보는 대신 그에게 등을 보이고 있었기 때문이었다.

"나는 어제의 네 행동에 대해서는 말하고 싶지 않다. 그것은 창피한 일이야. 그것을 생각하면 나는 지금도 부끄럽다. 너는 그 결과들을 스스로 적어 보아라. 이번이 어른들 사이에 있어도 되는 마지막 기회라는 점을 말해 주마. 나는 아빠에게 편지를 쓸 거다. 네게 예의를 가르치기 위해, 가정교사를 데려오거나, 아니면 너를 기숙사로 보낼 것이다. 나는 너와 더 이상 싸우기 싫다."

에드거는 고개를 숙이고 그곳에 서 있었다. 그는 이것이 단지 위협의 전초전임을 느꼈다. 그는 곧 실제로 닥칠 일을 불안하게 기다렸다.

"너는 즉시 남작에게 사과를 해야 한다."

에드거는 어깨를 으쓱했다. 그러나 그녀는 말을 중단하지 않았다.

"남작님은 오늘 떠나셨다. 너는 그에게 내가 부르는 대로 편지를 써야 한다."

에드거는 다시 어깨를 으쓱거렸다. 그러나 엄마는 확고했다.

"다른 말은 하지 말아라. 자, 편지지와 잉크가 여기 있다. 앉아라."

에드거는 올려다보았다. 그녀의 눈동자는 굽히지 않겠다는 결심으로 확고했다. 그는 그렇게 단호하고 냉정한 엄마를 한 번도 본 적이 없었다. 두려움이 엄습했다. 그는 앉아서 펜을 받았다. 그러나 얼굴을 탁자 위로 깊숙이 숙이고 있었다.

"위에는 날짜를 써라, 썼니? 수신인의 이름 앞에는 한 줄을 띄워 놓아라. 그렇게! 존경하옵는 남작님! 감탄 부호. 다시 한 줄을 띄워 놓아라. 저는 유감스럽게도, 썼니? 유감스럽게도 당신이 젬머링을 떠났다는 것을 알게 되었습니다, 젬머링은 M자를 두 번 써야 한다. 그래서 저는 제가 개인적으로 의도했던 것을 편지로 쓰려 합니다. 다시 말해, 더 빨리 써라. 편지는 달필로 쓸 필요는 없다! 어제의 제 행동에 대해 용서를 구합니다. 저의 어머니가 당신께 말씀하신 것처럼, 저는 심한 병에서 회복되어 가는 중입니다. 그래서 대단히 예민합니다. 자주 그것이 지나치다고 생각하게 되고, 다음 순간 후회하게 됩니다…"

구부러진 어깨가 책상 위에서 다시 튀어 올랐다. 에드거는 돌아섰다. 그의 반항심이 다시 발동했다.

"나는 그 말을 쓰지 않을 거예요, 그것은 사실이

아니에요!"

"에드거!"

그녀는 으름장을 놓았다.

"그것은 사실이 아니에요. 저는 후회할 만한 짓을 하지 않았어요. 후회할 만한 나쁜 짓은 하지 않았어요. 저는 엄마가 부르는 데로 도우려고 갔던 거예요!"

그녀의 입술에는 핏기가 사라졌다. 한쪽 콧날이 긴장하고 있었다.

"내가 도움을 요청했다고? 너 미쳤구나!"

에드거는 분노했다. 그는 '쾅' 하며 뛰어올랐다.

"그래요, 엄마는 밖에 있는 복도에서 도움을 요청했어요. 어젯밤에 그가 엄마를 붙잡고 있을 때요. '놔두세요, 나를 그대로 놔두세요'라고 엄마가 외쳤어요. 내가 방 안에서 그 소리를 들을 수 있을 정도로 그렇게 크게."

"너는 거짓말을 하고 있어. 나는 남작과 복도에 있지 않았다. 그는 나와 계단까지만 동행했었어…."

에드거는 이 뻔뻔한 거짓말에 마음이 꽉 막히는 듯했다. 이 거짓말이 그를 마비시켰다. 그는 별처럼 투명한 눈동자로 그녀를 응시했다.

"엄마… 복도에 없었다고요? 그리고 그가… 그가 엄마를 붙잡지 않았다고요? 힘으로 잡고 있지 않았다고요?"

그녀는 웃었다. 차갑고 무미건조한 웃음이었다.

"너는 꿈을 꾸었어."

그 말은 아이에게 너무 과한 것이었다. 그는 이제 어른들이 거짓말을 하고 있고, 그녀가 뻔뻔스럽게 어설픈 변명을 하고 있음을 알게 되었다. 거짓말은 촘촘한 망을 뚫고 나와 교묘한 양면성을 드러내고 있었다. 그렇지만 얼굴을 맞대고 있으면서도 뻔뻔하고 차갑게 부인하는 엄마의 태도는 그를 광분하게 만들었다.

"그러면 이 멍은? 내가 꿈꾸었단 말이에요?"

"네가 누구를 때렸는지 누가 알겠니, 그러나 나는 너와 더 이상 토론을 하고 싶지 않다. 너는 복종해야 한다. 그것으로 끝이야. 앉아라, 그리고 써!"

그녀는 대단히 창백했다. 어떻게든 평정심을 유지하기 위해 안간힘을 쓰고 있었다. 그러나 에드거의 마음속에서는 무엇인가가 무너져 내리고 있었다. 그것은 마지막 믿음의 불꽃이었다. 사람들이 타오르는 성냥불처럼 진실을 발로 쉽게 꺼 버릴 수 있을지 모르지만, 그는 그럴 수 없었다. 얼음처럼 냉정하게 그는 자신의 마음속으로 집중했다. 그러나 그가 다음과 같이 말한 모든 것은 신랄하고 악의적이며 침착하지 못한 것들이었다.

"그래요, 내가 꿈을 꾸었다고요? 복도에서 일어났던 일과 얼굴에 들은 멍들은 어떻게 설명하죠? 당신들은 어제 달빛 속에서 산책을 했어요. 그리고 그가 엄마를 데리고 가려 했어요. 그렇지요? 내가 어린아이처럼 방 안에 감금되어 있었다고 생각하나요! 아니에요, 나는 당신들이 생각하는 것처럼 그렇게 바보가 아니에요. 나는 잘 알고 있어요."

아이는 그녀의 얼굴을 대담하게 응시했다. 한순간

그녀는 힘이 빠지는 듯했다. 하지만 아이의 얼굴, 바로 앞에서 미움으로 일그러진 그 얼굴을 보자니 그녀의 분노가 격하게 폭발했다.

"계속해, 즉시 편지를 써라! 아니면…"

"안 그러면요?…"

아이의 목소리는 약간 불손해졌다.

"안 그러면, 나는 너를 두들겨 패겠다."

에드거는 한 걸음 다가가더니 조롱하듯 웃기만 했다.

그때 그녀의 손이 아이의 얼굴을 때렸다. 에드거는 소리 질렀다. 그리고 마치 익사한 사람처럼 손으로 자신을 감싸 안았다. 귀에서는 윙윙거리는 소리가 들렸고, 눈에서는 빨간 빛이 흔들거리고 있었다. 그도 막무가내로 주먹을 휘둘렀다. 그는 어떤 부드러운 것, 얼굴을 때리고 있는 것을 느꼈다. 그리고 외침 소리를 들었다….

문득 외침 소리가 그에게 들려왔다. 그는 갑자기 자신을 되돌아보고는 무시무시한 일이 벌어졌음을 깨달았다. 그는 자신의 엄마를 때리고 있었다. 두려움이 그를 엄습했고 부끄러움과 경악이 휘몰아쳤다. 바닥에 주저앉아 있는 그녀에게서, 이런 눈빛을 가진 사람들에게서 이제는 떠나 버려야 했다. 그는 문쪽으로 달려가 계단을 재빨리 내려왔다. 계속해서 달렸다. 이제 폭도같이 날뛰는 엄마가 그의 뒤를 쫓고 있었다.

첫 번째 통찰

에드거는 이욱고 저 아래 길가에 서 있었다. 그는 나무를 꽉 잡고 있어야 했다. 그의 전신이 불안과 격앙으로 떨고 있었기 때문이었다. 극도로 흥분된 가슴에서 그르렁거리는 숨이 뿜어져 나왔다. 자신의 행위에 대한 두려움이 등줄기를 타고 내려왔다. 이제 두려움은 그의 목을 잡고 열병처럼 그를 이리저리 흔들고 있었다. 이제 그는 어떻게 처신해야 하나? 어디로 도망을 가야 하나? 이곳은 그가 거주했던 집에서 15분 정도의 거리지만, 숲 한가운데이기 때문이었다. 이런 쓸쓸한 감정이 그를 엄습하고 있었다. 혼자가 되어 아무 도움을 받지 못하게 되자, 모든 것이 훨씬 더 악의적이며 야비하게 보였다. 어제까지 다정하게 술렁거렸던 나무들은 이제 갑자기 주먹을 쥐고 위협하는 것 같았다. 그 앞에 있는 모든 것들이 얼마나 낯설고 알 수 없는 것인가? 거대하고 알 수 없는 세계 앞에서 이렇게 혼자 있다는 사실이 아이를 어지럽게 했다. 그렇다, 그는 아직 이러한 일을 감당할 정도는 아니었다. 아직은 혼자서 감당할 수 없었다.

'그러나 누구에게로 도망을 가야 하나?' 쉽게 흥분하는 아버지에겐 무서워서 찾아갈 수 없었다. 무엇보다 그를 즉시 되돌려 보낼 것이다. 그는 결코 되돌아가고 싶지 않았다. 차라리 위험해 보이고 낯설지만, 모르는 이들의 세계 속으로 들어가는 것이 나을 것이다. 애써 주먹으로 엄마를 때렸다는 생각을 하지 않아도, 그는 더 이상 엄마의 얼굴을 볼 수 없을 것만 같았다.

그때 할머니 생각이 났다. 그를 어릴 적부터 귀여워하셔서 그가 집에서 벌을 받거나 부당하게 위협받을 때면 그를 감싸 주시던 선량하고 좋으신 할머니. 그는 바덴시에 있는 할머니의 집에서 처음의 분노가 사라질 때까지 숨어 있고 싶었다. 그리고 그곳에서 부모에게 편지를 써서 사과하고 싶었다. 아이는 자신의 알량하고 어리석은 자존심을 저주했다. 엄마와 낯선 남자의 거짓말에 저항하는 바람에 쫓기게 된 이 사태를 후회하면서. 아무 경험 없이 홀로 세상에서 있어야 한다는 생각을 하게 된 15분 동안 아이는 겸허해졌다. 그는 지금은 우스꽝스럽게 여겨지는 오만불손함을 버리고 예전의 복종하고 인내하던 아이로 되돌아가고 싶었다.

'그런데 어떻게 바덴으로 가지? 그곳은 얼마나 멀리 떨어져 있지?' 그는 자신이 항상 들고 다니던 작은 가죽지갑을 급하게 찾아보았다. 감사하게도 그 안에는 반짝이는 것이 들어 있었다. 생일에 선물받은 금으로 된 20크로네가 있었다.

그는 한 번도 그것을 쓸 생각을 해 본 적이 없었다. 그러나 그는 그곳에 있는 돈을 보는 것만으로 즐거움을 느꼈고 부자라는 느낌을 받았다. 동시에 감사와 애정이 어린 마음으로 손수건을 가지고 마치 작은 태양이 비추는 것처럼 반짝이도록 닦았다. 그러나 ―갑작스런 생각이 그를 놀라게 했다― 그 돈이면 충분한가? 그는 자주 기차를 타면서도, 돈을 지불한다던가, 그 돈이 일 크로네인지 백 크로네인지에 대해서는 생각해 본 적이 없었다. 처음으로 아이는 한 번도 생각지 않은 '삶'이라는 현실이 있고, 그가 한 번도 생각지 않은 '삶의 진실'이라는 것이 존재하며 그가 손에 쥐고 장난치곤 했던 많은 사물들이 어떤 고유의 가치, 특별한 의미를 지녔음을 느끼게 되었다. 한 시간 전에 모든 것을 안다고 생각했던 그는 이제 수천의 비밀들과 의문들을 아무 생각도 없이 지나쳐 보냈음을 느꼈다. 그리고 빈약한 지혜가 삶의 첫 번째 단계에서 비틀거리며 세상에 다가가고 있음에 부끄러움을 느꼈다. 점점 더 그는 용기를 잃었고, 더욱더 불확실해진 작은 보폭으로 역으로 걸어갔다. 그는 인생에서 이러한 도피를 얼마나 자주 꿈꿔 왔는지 몰랐다. 황제나 왕, 군인이나 시인이 되는 꿈을. 이제 그는 주저하면서 밝게 비추는 작은 역을 보고 있었다. 그리고 그를 할머니에게 데려다 주는 데 20크로네가 충분한지만을 생각했다.

철로는 저 멀리 빛을 발하며 뻗어 있었다. 역은 텅 비어 있었고, 황량하기까지 했다. 에드거는 수줍은 듯 창구 쪽으로 걸어가, 다른 사람들이 듣지 못하도록 속삭이듯 바덴시로 가는 차표가 얼마인지를 물어보았다. 놀라는 듯한 얼굴이 좁고 어두운 창구에서 불쑥 나왔다. 안경 뒤의 두 눈동자가 웃으며 소심한 아이를 쳐다보았다.

"차표 한 장 말이냐?"

"예…"

에드거는 더듬거렸다. 긍지는 보이지 않고 더욱더 불안하기만 했다. 가격이 무척 비쌀 것 같았다.

"6크로네다!"

"주세요!"

그는 안심하며 사랑스럽게 빛나는 동전을 내밀었다. 돈은 찰랑거리는 소리를 냈다. 에드거는 다시금 갑자기 자신이 대단한 부자라고 느꼈다. 자신에게 자유를 보장해 줄 수 있는 갈색 지폐를 손에 들고 있으며, 또한 주머니 속에는 은전이 찰랑거리는 소리를 내고 있었기 때문이었다.

기차가 20분 안에 도착할 거라고 기차 시간표가 알려 주었다. 에드거는 모퉁이에 몸을 숨기고 있었다. 몇 사람이 플랫폼 가까이에 별로 바쁘지 않은 듯 아무 생각 없이 서 있었다. 그러나 그 불안에 떠는 아이는 모든 이들이 자신을 쳐다보는 것 같았고, 모든 이들이 어린아이가 혼자서 여행하는 것에 놀라워한다고 느꼈으며, 도망이나 범죄를 의미하는 표시가 자기의 이마에 써 있는 것처럼 생각되었다.

멀리서 기차가 경적을 울리며 다가오자, 그는 마침내 숨을 들이쉬었다. 기차는 그를 세상으로 데려다줄 것이다. 기차에 올라타며 그는 기차표가 3등표인 것을 알게 되었다. 그는 이제까지 항상 일등 열차만을 타고 다녔었다. 이윽고 여기는 무엇인가가 다른 데다가, 여태까지는 그를 피해 갔었던 어떤 차이점이 있다는 것을 느끼게 되었다. 다른 사람들은 이제까지 그랬듯 그에게 이웃이 되었다. 단단한 손과 거친 목소리를 지니고 손에는 삽을 든 몇 명의 이탈리아 노동자들이 바로 그의 앞자리에 앉아 있었는데, 무감각하고 절망적인 눈초리로 앞을 바라보고 있었다. 그들은 길에서 고단하게 일을 한 것이 분명했다. 왜냐하면 그들 중 몇 명은 피곤을 못 이기고 털털거리는 기차의 단단하고 더러운 나무에 기대어 입을 벌린 채 자고 있었기 때문이었다. 그들이 '돈을 벌기 위해서 일을 했겠지'라고 에드거는 생각했다. 그러나 얼마나 많은 노동을 했는지는 짐작할 수 없었다. 돈이라는 것은 항상 가지고 있는 것이 아니라 어떻게든 벌어야 하는 물건임을 다시금 느끼게 되었다.

처음으로 그는 자신이 유복한 환경에서 살아왔으

며, 자신의 삶 주위가 그의 시선이 한 번도 닿아 본 적이 없는 어두움의 심연 속으로 가파르게 내려갈 수 있다는 것을 의식하게 되었다. 직업과 운명이라는 것이 있으며, 삶의 주위에 이해할 수 있었지만 단 한 번도 관심을 두지 않았던 비밀이 있음을 갑자기 알게 되었다. 에드거는 혼자 있게 된 한 시간 동안 많은 것을 배우게 되었다. 이 좁은 기차 칸에서 창문을 통해 밖의 많은 것을 보기 시작했다. 그리고 분명치 않은 불안감 속에서도, 아직 행복을 의미하지는 않지만, 무엇인가가 조용히 피어나기 시작했다. 그것은 생의 다양함에 대한 경이로움이었다. 그는 불안감과 비겁함으로 도피하고 있었고 그것을 스스로 매 순간 느끼고 있었다. 그러나 처음으로, 이제까지 그냥 지나쳐 버렸던 현실적인 것에 대해 무엇인가를 체험하게 되었다. 처음으로, 이제까지는 세상이 그에게 비밀이었던 것처럼, 엄마와 아빠에게 그 스스로가 비밀이 되었다. 그는 다른 시선을 지니고 창밖을 바라보았다. 최초로 모든 현실적인 것을 볼 수 있었다. 사물에서 베일이 벗겨져, 그 의도의 내면이 그리고 행위의 비밀스러운 핵심이 그에게 모두 나타나고 있는 것 같았다. 마치 바람에 흩날리는 것처럼 집들이 옆으로 지나쳐 가고 있었다. 그는 그 안에 살고 있는 사람들이 부자일지 혹은 가난한 사람일지, 행복할지 혹은 불행할지 아니면 그들이 자신처럼 모든 것을 알려는 그런 동경 같은 것을 지니고 있는 사람들일지를 생각해 보았다. 그리고 자신처럼 이제까지 물건들하고만 놀던 아이들이 그곳에 살고 있을지도 모른다고 생각하게 되었다.

깃발을 들고 길가에 서 있는 철도직원들이 이제까지처럼 단순한 인형이나 죽은 장난감, 아무 상관없는 우연으로 세워진 사물로는 보이지 않았다. 나아가 삶에 대한 그들의 투쟁이 그들의 운명인 것을 알게 되었다. 바퀴는 더욱더 빨리 굴러가, 기차는 계곡의 둥근 산길 속으로 내려가고 있었다. 산들의 선은 더 부드러워지고, 멀리 있던 수평선이 이제 눈앞에 도달하고 있었다. 다시 한번 그는 뒤를 돌아보았다.

그곳에는 이미 푸르스름한 어둠이 드리워 있었다. 뒤안길은 이미 드넓고 도달할 수 없어 보였다. 안개 낀 하늘이 서서히 걷혀 가는 그곳에 그의 어린 시절이 멀어지고 있었다.

혼란스러운 어두움

바덴이었다. 기차는 멈춰 섰고 에드거는 가로등 불이 이미 꺼진 승강장에 혼자 서 있었다. 신호등이 멀리서 파란색, 빨간색으로 반짝이고 있었다. 화려한 빛은 어느새 찾아온 밤에 대한 갑작스러운 불안감과 결부되었다. 낮에는 그래도 안전하게 느꼈었다. 주위에 사람들이 있었기 때문이었다. 사람들은 쉬거나 의자에 앉아 있었다. 그렇지 않으면 가게의 창문을 들여다보고 있었다. 그러나 사람들이 집으로 돌아가 침대에 눕고 대화를 나누고 고요한 밤을 즐기고 있는 동안, 그는 죄책감을 지닌 채 홀로 낯선 고독함 속에서 돌아다녀야 했다. 이 일을 아이가 어떻게 견뎌 낼 수 있단 말인가. 아, 일 분이라도 빨리 낯선 하늘 아래를 벗어나 지붕이 있는 집을 찾고 싶은 것이 그의 유일하고 분명한 감정이었다. 그는 좌우를 살피지도 않고 마침내 그의 할머니가 살고 있는 집 앞에 도달할 때까지 낯익은 길을 급하게 지나가고 있었다. 그 집은 넓은 대로변에 위치하고 있었다. 그러나 툭 터진 것이 아니라 덩굴과 송악나무로 잘 덮인 정원 뒤쪽에 자리 잡고 있었다.

초록빛의 구름 뒤로 한 줄기 서광이 보였다. 희고 오래된 친근한 집이었다. 에드거는 낯선 이처럼 철창 사이로 엿보았다. 안에는 그 어떤 동요하는 것도 없었다. 창문은 닫혀 있었다. 어쩌면 모든 이들이 손님들과 함께 뒤쪽 정원에 있을지도 몰랐다. 이미 그는 작은 문고리를 잡고 있었다. 그때 특이한 일이 벌어졌다. 두 시간 전에는 그렇게 쉽고 당연하다고 생각했던 일이 갑자기 불가능해졌다. 어떻게 안으로 들어가나, 어떻게 그들에게 인사를 하나, 어떻게 질문들을 견뎌 내고 대답해야 하나? 비밀스럽게 엄마에게서 도망쳤다는 사실을 이야기한 후에, 어떻게 그들의 첫 번째 시선을 견뎌 내야 하나? 그리고 스스로도 도무지 이해하기 어려운 자신의 행동이 끔찍하다는 사실을 어떻게 설명해야 하나! 안에서 문이 열리는 소리가 들렸다. 갑자기 바보스러운 불안감이 그를 덮쳐 왔다. 누군가가 다가올지도 모른다. 그는 어디로 가야 할지도 모르면서 달리기 시작했다.

공원 앞에서 멈춰 섰다. 그곳은 어두웠고 아무도 없었기 때문이었다. 공원에 앉아서 편안히 생각하고 쉬면 마침내 자신의 운명에 대해 명확히 알 수 있으리라. 부끄러워하며 그는 다가섰다. 앞에는 몇 개의 가로등이 빛을 비추고 있었고, 나무의 어린 이파리에서는 투명한 초록빛 물방울이 섬뜩하게 반사되고 있었다. 그러나 뒤쪽으로 가려면 언덕을 내려가야 했다. 모든 것이 마치 발효하고 있는 숨막히는 검은 덩어리처럼, 이른 봄밤의 혼란스러운 어둠 속에 자리 잡고 있는 것 같았다. 에드거는 가로등의 빛 속에서 떠들거나 책을 읽고 앉아 있는 몇몇 사람을 수줍게 지나쳐 가고 있었다. 그는 혼자 있고 싶었다. 그러나 불이 켜져 있지 않은 통로의 어둠 속에도 어떤 편안함은 없었다. 모든 것이 고요한 가운데, 빛을 부끄러워하는 듯한 속삭임과 말소리들이 휘어져 있는 잎사귀, 멀리서 들려오는 질질 끌리는 발걸음 소리, 나지막한 속삭임을 스쳐 지나는 바람의 숨결과 뒤섞여 있었다. 모든 것은 사람들과 짐승들, 아니면 불안하게 잠들고 있는 자연에서 동시에 들려오는 어떤 육감적이고 탄식하는 듯하며 불안에 가득 찬 신음소리와 함께 어울려 있었다. 이곳 숲속에서 숨쉬고 지하에서 동요하는 소리들은 아마도 봄과 연관되는 위험한 불안이자, 움츠리고 숨어 있는 수수께끼 같은 것이었다. 그것은 어찌할 바를 모르는 아이에게 남다른 두려움을 주고 있었다.

그는 이 끝없는 어둠 속 벤치 위에서 될 수 있는 한 작게 몸을 붙이고, 할머니 댁에서 어떻게 설명해야 할지 생각하려고 노력했다. 그러나 실마리를 잡기도 전에 생각들은 미끄러져 지나쳐 가고 있었다. 그의 의지와는 반대로 귀는 나지막한 소리 — 어둠의 신비로운 목소리에 기울어지고 있었다. 이 어둠은 얼마나 두려운 것인가! 혼란스럽기는 해도 비밀이 가득하고 얼마나 아름다운가! 이 술렁이는 소리와 자그락거리는 소리, 윙윙대는 소리와 유혹하는 소리를 서로 엮는 것은 짐승인가 사람인가, 혹은 단지 바람의 섬뜩한 손길인가? 그는 귀 기울였다. 그것은 나무 사이를 불안한 듯 지나가는 바람이었다. 그러나 —이제 그는 분명히 보았다— 아래에서, 밝은 시내에서 언덕을 올라오면서 어둠 속에 생기를 불어넣는 수수께끼 같은 존재들은 바로 서로 포옹하고 있는 사람들이었다. 그들은 무엇을 원하는 것일까? 그는 이해할 수 없었다. 그들은 서로 이야기하지 않았다. 아니, 이야기하지 않았다기보다는 들을 수 없었다. 단지 그들의 발걸음만 자갈길에서 불안하게 자그락거리는 소리를 내고 있었다. 여기저기 가로등

불 속에서 그들의 모습이 마치 그림자처럼 슬쩍 지나쳐 가고 있었다. 마치 그의 엄마가 남작과 한 것처럼 계속 포옹을 하면서. 이 비밀은, 커다랗고 번쩍이는 이 불행한 비밀은 이곳에도 있었다. 그는 더욱 가깝게 다가오는 발자국 소리를 들었다. 그리고 나지막한 웃음소리도 들었다. 불안이 그를 덮쳐 왔다. 가까이 다가오는 사람들은 그를 발견할 것이다. 그럴수록 더 그는 어둠 속으로 몸을 숨겼다. 칠흑 같은 어둠 속에서 더듬거리며 올라가던 두 사람은 그를 보지 못했다. 그들은 포옹한 채 지나쳐 갔다. 에드거가 숨을 들이쉬는 그때 그들은 걸음을 멈추었다. 그것도 벤치 바로 앞에서. 그들은 얼굴을 서로 갖다 대고 있었지만 분명히는 볼 수 없었다. 다만 여자의 입에서 신음 소리 같은 것이 터져 나오고, 남자가 뜨겁고 열렬한 말을 더듬거리고 있음을 들었을 뿐이었다. 어떤 후덥지근한 예감이 육감적인 전율과 함께 그의 불안을 꿰뚫고 지나가고 있었다. 그들은 1분 정도 그렇게 서 있었다. 이윽고 그들 아래에 있는 자갈이 다시 자그락거리는 소리를 내기 시작했다. 얼마 후에 그 소리는 다시 어둠 속으로 사라졌다.

에드거는 전율했다. 피가 혈관 속에서 거꾸로 치솟았다. 예전보다 더 뜨겁게. 그는 이 혼란스러운 어둠 속에서 갑자기 고독을 참을 수가 없었다. 다정한 목소리, 포옹, 밝은 집, 그를 사랑하는 사람들에 대한 욕구가 머릿속을 채우기 시작했다. 이 혼란스러운 밤의 어찌할 수 없는 어둠이 그의 내면에서 가라앉아 그의 가슴을 터뜨리는 것 같았다.

그는 빠르게 뛰기 시작했다. 집으로, 집으로. 그의 작지만 밝은 방, 사람들과 함께 하는 방이 있는 집으로. 그에게 무슨 일이 일어날 수 있을까? 사람들이 그를 때리고 욕을 할 수도 있으리라. 그러나 어두움과 고독에 대한 불안을 느낀 이후로는 그는 아무것도 두렵지 않았다.

그 감정은 앞으로 그를 몰아댔다. 어느새 그는 다시금 집 앞에 서 있었고, 차가운 손잡이에 그의 손을 대고 있었다. 창문이 초록 가지 사이로 빛을 발하고 있었다. 밝은 창유리 너머로 친척들이 모인 다정한 공간이 있으리라는 생각을 하면서 바라보았다. 이 가깝다는 느낌이 그에게 행복감을 주었다. 자신을 사랑하는 사람들과 가까이 있다는, 안정감을 주는 이 최초의 안도감. 만약 그가 머뭇거렸다면, 이는 이러한 감정을 좀 더 마음속으로 즐기려 함이었을 것이다.

그때 뒤쪽에서 놀라서 날카롭게 외치는 소리가 들렸다.

"에드거, 너구나!"

할머니의 하녀가 그를 보곤, 그에게 달려들어 손을 잡았다. 문이 안에서 열리고 개 한 마리가 멍멍 짖으며 그에게 뛰어들었다. 집 안에서 사람들이 램프를 들고 나왔다. 그는 환호하며 놀라는 소리를 들었다. 기쁨에 겨워 외치는 소리와 시끌벅적하게 다가오는 발자국 소리를. 그는 그 모습들을 이제야 알아보았다. 우선 할머니가 팔을 벌리고 서 계셨다. 그리고 할머니 뒤로 —그는 꿈을 꾼 것이 아닌가 생각했다— 그의 엄마가 있었다. 부끄러운 듯 눈물을 흘리고 떨면서. 그는 북받쳐 오르는 감정이 뜨겁게 터져 나오는 가운데 무엇을 해야 할지, 무슨 말을 해야 할지 결정을 내리지 못하고 서 있었다. 그리고 그가 느끼는 것이 무엇인지 스스로도 확실치 않았다. 불안인가 행복인가.

마지막 꿈

일의 전말은 이러했다. 사람들은 그를 이미 오래 전부터 찾고 있었으며 기다리고 있었다. 그의 엄마는 흥분한 아이의 미친 듯한 공격에 놀라 화가 났지만, 젬머링에서 그를 찾았다. 한 신사가 역에서 3시경에 아이를 보았었다는 소식을 전하자, 모든 사람이 대단히 놀라, 위험한 상상까지 하고 있었다. 에드거가 바덴으로 가는 기차표를 샀다는 것을 알게 되자, 그녀는 머뭇거리지 않고 즉시 아이의 뒤를 쫓았다. 바덴으로, 빈에 있는 남편에게로 전보를 치자,

모든 사람들이 흥분해 2시간 전부터 도망간 아이에 대해 샅샅이 조사하고 있었던 것이다.

이제 그들은 아이를 꽉 잡았다. 그러나 완력을 동원한 것은 아니었다. 마음속에 승리를 감춘 그는 방으로 인도되었다. 그들의 말 속에 엄격한 비난이 느껴지지 않았다는 사실이 그에게는 놀라울 따름이었다. 그도 그럴 것이 그들의 눈에 즐거움과 사랑이 담겨 있는 것을 보았기 때문이었다. 그들의 가식적인 분노도 잠시만 지속되었을 뿐이었다. 할머니는 눈물을 흘리며 그를 포옹했으며, 아무도 그의 잘못에 대해 말하지 않았다. 그는 놀라운 배려가 그를 감싸고 있다는 사실을 느꼈다. 그때 하녀가 그의 윗옷을 벗기고 더욱 따뜻한 옷을 가져다주었다. 할머니는 그가 배고프지 않았는지, 혹시 원하는 것이 있는지 물어보았다. 그들은 사랑이 넘치는 걱정으로 누차 질문을 해서 그를 괴롭혔다. 그러나 그가 당황하고 있음을 알아차리고는 더 이상 묻지 않았다. 그는 다시 아이로 취급되어 무시당한다고 생각하면서도, 그들이 자신을 그리워했던 감정을 내심 즐기고 있었다. 이 모든 것을 에드거는 얼마나 그리워했던가! 이런 감정을 도외시하고 기만적으로 고독을 즐기려 하지 않았는가? 순간적으로 최근에 불손했던 것에 대한 부끄러움이 그를 엄습했다.

그때 전화벨이 울렸다. 그는 엄마의 다급한 목소리를 들었다. 한 마디 한 마디를. "에드거가… 되돌아왔어요… 이리로… 마지막 기차를 타고." 그리고 그를 야단치지 않고 이상한 눈빛으로 바라보는 것이었다. 그의 마음속 후회는 더욱더 커졌다. 할머니와 고모의 모든 염려에서 벗어나고 싶었고, 안으로 들어가서 엄마에게 아주 겸허하게, 다시 아이답게 복종하겠다고 말하며 용서를 구하고 싶었다. 그가 조용히 일어나려 하자, 할머니는 놀라면서 가만히 말했다.

"어디로 가려고 했니?"

그는 부끄러운 듯 일어섰다. 그들은 그가 움직이자 두려워했다. 그는 그들 모두를 놀라게 했고, 그들은 그가 다시 도망갈까 두려워하기까지 했다. 그러나 다름 아닌 그 자신이 이 도망을 가장 후회했다는 사실을 그들이 어떻게 이해할 수 있었겠는가!

식사가 준비되었다. 저녁 식사가 대단히 빨리 아이의 앞에 차려졌다. 할머니는 그의 옆에 앉아서 다른 곳은 쳐다보지도 않았다. 할머니와 고모 그리고 하녀는 조용히 그를 에워싸고 있었다. 그리고 그는 이러한 따사로움 덕분에 놀랍게도 안정감을 느꼈다. 단지 엄마가 방 안으로 들어서지 않았다는 사실이 그를 혼란스럽게 했다. 그가 얼마나 겸허해졌는지 그녀가 알 수만 있었다면 그녀는 분명히 들어왔을 것이다.

그때 밖에서 마차 한 대가 덜컹거리며 다가와 집 앞에 멈췄다. 다른 이들은 대단히 놀랐고, 에드거도 불안해졌다. 할머니가 밖으로 나갔다. 목소리들이 어둠 속에서 크게 들려왔고, 아버지가 도착했다는 사실을 알게 되었다. 그는 다시 방에 혼자 있어야 한다는 사실에 두려워졌다. 실로 잠깐 동안이라도 혼자 있어야 한다는 사실이 그를 혼란에 빠트렸다. 아버지는 엄격했고 그가 정말로 두려워하는 유일한 사람이었다. 에드거는 밖으로 귀를 기울였다. 아버지는 흥분하는 것 같았고 화를 내며 크게 말하고 있었다. 그 사이 할머니와 엄마의 목소리가 그를 가라앉히고 있었다. 아마도 그에게 좀 더 부드럽게 이야기하라고 달래는 것 같았다. 그러나 아버지의 목소리는 지금 다가오는 발자국 소리처럼 단호했다. 그 소리는 점점 더 가까이 다가오고 있었다. 이미 옆방에, 그리고 바로 문 앞에 도착했으며, 이제 문을 열 것이다.

그의 아버지는 대단히 키가 컸다. 그가 정말로 분노하며 신경질적으로 들어서자, 에드거는 그의 앞에서 자신이 말할 수 없이 작게만 느껴졌다.

"어떻게 도망칠 생각을 한 거냐, 이 녀석! 어떻게 엄마를 그렇게 놀라게 할 수 있느냐?"

그의 목소리는 분노하고 있었고 손은 거칠게 움직이고 있었다. 그의 뒤로 엄마가 조용히 들어섰다. 그녀의 얼굴에는 그늘이 져 있었다.

에드거는 대답하지 않았다. 그는 스스로를 변호해야 한다고 느꼈다. 그러나 엄마와 남작이 그를 속이고 때렸다는 사실을 어떻게 설명해야 하나? 아버지가 그 사실을 받아들일 수 있을까?

"뭐라고? 말할 수 없어? 무슨 일이 있었어? 편안하게 이야기해 봐! 무슨 일이 잘못된 거냐? 도망을 쳤다면 이유가 있을 것이 아니냐! 누군가가 너에게 잘못했느냐?"

에드거는 머뭇거렸다. 그 기억이 다시 그를 분노하게 만들었다. 그는 호소하고 싶었다. 그때 그는 ― 그의 가슴이 문득 조용해졌다― 엄마가 아버지의 등 뒤에서 특이한 행동을 하고 있음을 눈치챘다. 처음에는 이해하지 못했던 어떤 행동을. 그를 바라다보는 그녀의 눈동자에는 애원하는 눈초리가 어려 있었다. 조용히, 아주 조용히 그녀는 침묵의 표시로 입에 손을 갖다 대었다.

그때 아이는 느끼게 되었다. 갑자기 어떤 따뜻한

것이, 두려울 정도로 거친 행복감이 그의 전신에서 터져 나오고 있음을. 비밀을 감추어 주는 어린아이의 작은 입에 운명이 걸려 있음을 알게 되었다. 그녀가 그를 믿고 있다는 사실 때문에 격하고 환호할 만한 자긍심이 그를 가득 채웠다. 희생정신이 돌연 그를 엄습했다. 자신의 죄를 더욱 크게 하려는 의지는 그가 이미 어른 남자가 되었다는 것을 보여 주기 위함이었다. 그는 용기를 냈다.

"아니에요, 아니에요…. 아무런 이유는 없었어요. 엄마는 잘해 주셨어요. 그런데 제가 버릇이 없었어요. 제가 잘못 처신했어요… 그리고 그때… 그때는 무서워서 도망친 거예요."

아버지는 다정하게 그를 쳐다보았다. 그는 더 많은 것을 기대했을 것이다. 단지 이 고백을 기대한 것은 아닐 것이다. 그러나 그의 분노는 사라졌다.

"자, 네가 스스로 잘못했다고 생각한다면 이미 잘된 일이다. 그러면 오늘은 더 이상 그에 대해 이야기하지 않겠다. 네 자신이 다음번에 다시 한번 생각하리라 믿는다! 이런 일은 더 이상 일어나지 않겠지."

아버지는 서서 아이를 쳐다보았다. 목소리는 이제 더욱 온화해졌다.

"창백해 보이는구나. 그러나 네가 이미 더욱 성장했다는 생각이 드는구나. 그런 어린아이 같은 일을 더 이상 하지 않기를 바란다. 너는 정말로 이제 어린아이가 아니다. 이제는 현명해져야지!"

에드거는 내내 엄마만을 쳐다보고 있었다. 그녀의 눈 속에 무엇인가가 반짝이는 것 같았다. 혹시 불빛이 반사되어 그런 걸까? 아니었다, 그녀의 눈동자는 내내 촉촉했고 밝은 빛을 발하고 있었다. 아이에게 감사의 말을 전하려는 듯이 그녀의 입 주위에도 웃음이 어려 있었다. 사람들은 그를 침대로 보냈다. 그러나 혼자 내버려 두었다는 사실에도 그는 더 이상 슬프지 않았다. 그는 많은 것을 생각해야 했다. 많은 화려하고 풍부한 것들을. 최근의 모든 고통들이 처음으로 겪은 체험이 주는 강력한 감정 속에 사라져 갔다. 그는 미래의 사건들에 대한 비밀스러운 예감으로 행복했다. 밖에서는 점점 더 저물어 가는 밤의 나무들이 술렁이고 있었다. 그러나 그는 더 이상 두렵지 않았다. 어둠의 풍요로움을 알게 된 이후, 삶의 초조함 따위는 모두 사라졌다. 그는 처음으로 오늘 벌거벗은 것을 본 것 같았다. 그것은 어린시절의 수천의 거짓으로 은폐되지 않고, 완전히 육감적이고 위험한 아름다움 속에 자리 잡은 것이었다. 이제까지 그는 자신의 일상이 다양한 고통과 즐거움들을 교차시키면서 압박감을 줄 수도 있다고는 한 번도 생각하지 않았었다. 그러나 지금은 달랐다. 아직도 수많은 날들이 그의 앞에 존재하고 있으며, 그 비밀을 벗겨 내야 하는 총체적 삶이 그를 기다리고 있다는 생각이 그를 행복하게 했다. 삶에는 다양성이 있다는 예감이 그에게 다가왔다. 처음으로 인간의 존재를 이해하게 되어, 비록 그들이 적대적으로 보일 때가 있을지라도, 결국 서로를 필요로 하고 그들에게 사랑받는다는 사실이 대단히 달콤하다는 것을 알게 되었다. 그는 아직은 증오심을 가지고 그 어떤 것, 어떤 사람을 대할 수 있는 능력이 없었다. 또한 지나간 어떤 일도 후회하지 않았다. 유혹자이며 가장 냉혹한 적이었던 남작에게도 그는 오히려 감사하다는 새로운 감정을 가지게 되었다. 왜냐하면 바로 그가 감정들의 세계로 가는 문을 열어 주었기 때문이었다.

모든 것이 너무도 달콤했다. 어둠 속에서 생각을 거듭하다가 꿈속의 형상들과 조용히 뒤얽혀 들어가는 것은 너무나 기분 좋았다. 그는 잠에 빠져들고 있었다. 문이 열리고 조용히 무엇인가가 오는 것 같았으나, 제대로 생각할 수가 없었다. 그는 눈을 감고 거의 잠이 들었다. 그때 누군가가 숨을 쉬면서 자신의 몸 위에 얼굴을 대고 있는 것을 느꼈다. 그 사람은 부드럽고 따뜻하고 온화하게 그의 몸을 쓰다듬었다. 그는 지금 입맞춤하고 손으로 그의 머리를 쓰다듬고 있는 것이 엄마라는 것을 깨달았다. 입맞춤에서 그녀의 눈물을 느낄 수 있었고, 그래서 부드럽게 쓰다듬어 주는 엄마의 손에 반응했다. 그리고 그것을 화해의 의미 혹은 아빠에게 침묵한 데 대한 감사의 표시로 받아들였다. 오랜 시간이 지난 훨씬 후에야 그는 그녀의 숨죽이는 듯한 울음이, 그녀가 앞으로는 자신의 아이에게만 속하게 될 것이며, 사랑의 모험을 거부하고 자신의 모든 욕망과 이별할 것이라는 나이 들어 가는 여인의 맹세였음을 알게 되었다. 하지만 그는 그녀가 비생산적인 사랑의 모험으로부터 자신을 구했다는 사실에 감사해했다는 것은 알지 못했다. 그리고 이 포옹이 마치 유산처럼 미래의 삶을 위한 사랑의 쓰고도 달콤한 짐이 되었다는 것도. 에드거는 이 모든 것을 당시에는 이해하지 못했었다. 그러나 그렇게 사랑받는 것이 대단히 행복한 것이고, 이러한 사랑으로 인해 세상의 거대한 비밀과 이미 얽혀 있었다는 것을 느끼고 있었다.

그녀는 그에게서 손과 입술을 떼고는 조용히 그리고 급히 몸을 돌렸다. 그러나 아직도 그녀의 온기는 남아 있었다. 입술 위의 입김도. 그리고 그녀의 부드러운 입술과 포옹에 대한 그리움이 기분 좋게 그를 감쌌다. 그가 그렇게 기대했던 비밀의 풍요로운 예감을 잠의 그림자가 이미 덮고 있었다. 마지막 순간의 그 모든 형상들이 색채를 띠고 지나가면서 청춘을 적어 놓은 종이들을 유혹하듯 하나하나 넘기고 있었다.

아이는 잠이 들었다. 인생의 깊은 꿈은 시작되었다.

역자 해설

오스트리아의 유대계 작가 슈테판 츠바이크Stefan Zweig(1881~1942)는 연작으로 계획한 '어린이 나라의 4가지 이야기' 중 첫 번째 작품으로 1911년 《타 버린 비밀》을 출간하였다. 이 작품은 1932년까지 17만 부를 판매해 커다란 성공을 거두었다.

츠바이크는 작품 《타 버린 비밀》을 통해 1차 세계대전 이전 청소년에게 우호적이지 않았던 당시의 교육과, 성장기 청소년의 위기에 대한 어른들의 무관심을 표현하면서 당대 윤리 의식의 문제를 지적하고 있다. 소설 속에 표현된 다음의 내용들은 당시 부모와 자식과의 관계를 단편적으로 드러낸다.

> "그는 이제까지 고독하게 성장하였으며, 자주 아팠고 친구도 별로 없었다. 그가 애정이 필요할 때조차 곁에는 부모와 시종들밖에 없었다. 그나마 부모도 그를 별로 보살펴 주지 않았다."(38쪽)
> "이제까지 아이는 그녀의 삶 다음에 존재하는 것이었다. 하나의 장식, 장난감, 사랑, 믿음 그리고 때로는 하나의 짐이었으며, 그녀의 삶이라는 박자를 타고 움직이는 그 무엇이었다."(115쪽)

츠바이크는 작품에서 주인공들의 관계 속 인간 심리를 섬세하게 묘사하는 것으로 유명하다. 이는 프로이트Sigmund Freud와의 오랜 우정을 맺었던 츠바이크가 프로이트 심리학의 영향을 작품 속에 표현하였기 때문으로 생각된다.

어머니와의 갈등을 통한 사춘기 에드거의 정신적 성장

오스트리아 출신의 한 젊은 남작은 오스트리아의 휴양지 젬머링으로 휴가차 여행을 한다. 그곳에서 그는 12세가 된 미성숙한 소년 에드거Edgar와 아름다운 외모를 지닌 그의 어머니 마틸데Mathilde를 알게 된다. 부모도 잘 챙겨 주지 않아 외로움을 느끼는 에드거는 자신에게 친절하게 대해 주는 남작과 곧 친분을 맺게 된다. 그러나 남작의 목표는 마틸데이다. 그는 에드거를 마틸데에게 접근하기 위한 중개자로 이용한다. 그는 중년이 되기 직전의 그녀가 결혼 생활에 만족을 느끼지 못하고 또한 휴가 기간 동안 지루해하는 것을 알게 된다. 그는 그녀와 에로틱한 관계를 맺을 수 있다고 생각하게 된다.

마틸데는 어머니의 역할과 여성의 역할, 즉 '삶의 불꽃과 희생' 사이에서 남작과의 연애 사건에 휩쓸린다. 남작이 그녀를 유혹하자, 유부녀인 그녀는 '혈관 속에 독이 흐르는 것'을 인지하게 되고, 남편의 얼굴과 똑같은 에드거의 존재로 양심의 가책을 받기도 한다. 그럼에도 마틸데는 남작의 유혹에 빠져들어가고, 그와의 사랑의 유희는 계속된다. 그녀는 남작과의 마차 여행을 제안하고는 어느 때와 달리 입술에 화장을 하기도 한다. 이러한 어머니의 행동에 아이는 의아해한다. 결국 그녀는 거짓으로 아이를 떼어 놓고 남작과 단둘이 마차 여행을 하거나, 밤의 산책을 하기도 한다. 그러나 밤의 산책길을 뒤쫓아 간 에드거가 소리를 내어 그들을 방해하자, 그들은 호텔로 되돌아오게 된다.

어머니로서의 마틸데는 어린 아들 에드거와의 관계에서 많은 문제점을 보여 준다. 그녀는 프랑스어를 아주 완벽하게 구사하지 못하면서도, 아이에게 계속해서 프랑스어로 말한다. 즉 어머니와 자식 간의 대화가 깊게 이루어지지 않고 있는 것이다. 또한 그녀는 남작과 단둘이 있기 위해 에드거를 따돌리기도 한다. 이로 인해 남작에 대한 에드거의 호의는 증오와 미움으로 변한다.

그리고 남작이 밤에 호텔 복도에서 어머니를 공격한 것으로 착각한 아이는 남작에게 달려든다. 다음 날 아침 마틸데는 아이의 행동이 부끄럽다고 말한다. 남작은 떠나 버리고, 마틸데는 남작에게 사과의 편지를 쓰라고 아이에게 종용한다. 결국 에드거는 어머니를 때리게 되고, 할머니가 살고 계시는 바덴으로 도망을 간다. 처음으로 혼자 여행하게 되면서, 에드거는 이제까지의 삶과는 다른 것들을 느끼고 경험하게 된다. 할머니 집에서 다시 만난 두 사람은 화해를 한다. 마틸데는 사랑의 모험이나 욕망으로부터 자신을 구하고 이제는 어머니로서의 역할에 만족하게 된다. 에드거는 자신이 혼자서 할머니 댁으로 가게 된 이유를 캐묻는 아버지에게 남작과 어머니의 일을 털어놓지 않는다. 그는 이것이 어머니를 위하여 자신을 희생하는 것이며, 성장한 남자의 일이라고 판단한다. 그렇게 휴양지 호텔에서 발생한 하룻밤의 사건은 어머니와 아들 두 사람 사이의 비밀로 남는 것으로 마무리된다.

이 소설의 핵심 테마는 사춘기 에드거의 정신적 성장의 문제이다. 그는 이 경험을 통하여 성인의 세계를 어렴풋이 깨닫게 되는 것이다. 그리고 중년에 도달하면서 어머니와 여성의 역할 속에서 정서적으로 흔들렸던 어머니와 그 비밀을 공유하게 되면서, 사랑과 인간에 대해 이해하게 된다.

소설의 영화화

츠바이크의 소설 《타 버린 비밀》은 독일 출신 미국의 영화감독 지오드마크Robert Siodmak(1900～1973)에 의해 영화화되어, 1933년 3월 20일 베를린에서 발표되었다. 1933년 히틀러가 제국의 수상이 되었고, 선전장관 괴벨스Joseph Goebbels는 이 영화의 상영을 금지하였다. 그 이유는 츠바이크와 감독이 유대인이고, 영화의 제목이 1933년 2월 27일의 국회의사당 방화사건을 암시한다는 것이었다.

1956년 미국의 영화감독 큐브릭Stanley Kubrick(1928～

1999)이 이 소설을 영화화하려고 기획했으나 실현되지 못했다. 큐브릭의 전 조수였던 영국 출신의 영화감독 버킨Andrew Birkin(1945~)이 〈Burning Secret〉이란 제목으로 1988년 영화화했다. 이 영화에서는 독일 연극계에서 존경받는 배우 클라우스 마리아 브란다우어Klaus Maria Brandauer가 남작 역을, 페이 더너웨이Faye Dunaway가 어머니 역을 맡았다.

타 버린 비밀